W0048371

Valeria Parrella

Der erfundene Freund

Erzählungen

*Aus dem Italienischen
von Suse Vetterlein*

Rowohlt Taschenbuch Verlag

Die italienische Originalausgabe erschien 2005 unter dem Titel
Per grazia ricevuta bei minimum fax in Rom.

Veröffentlicht im Rowohlt Taschenbuch Verlag,
Reinbek bei Hamburg, August 2008
mit freundlicher Genehmigung
Copyright © für die deutsche Ausgabe:
Verlag Klaus Wagenbach,
Emser Straße 40/41, 10719 Berlin
Per grazia ricevuta Copyright © 2005 minimum fax, Rom
Umschlaggestaltung any.way,
Barbara Hanke/Cordula Schmidt
(Foto-/Illustrationsnachweis: JBM/buchcover.com)
Innentypographie Janina Fischer
Satz Swift PostScript (InDesign) bei
Pinkuin Satz und Datentechnik, Berlin
Druck und Bindung Druckerei C. H. Beck, Nördlingen
Printed in Germany
ISBN 978 3 499 24539 8

Inhalt

Rasender Stillstand

Für Tonino

(Danke für das Armband)

Ich überquere diese Straße immer an derselben Stelle, jedes Mal. Entweder stoße ich diagonal auf sie, vom Mittelstreifen her, oder frontal, über den Zebrastreifen – als würde da jemals ein Auto anhalten und mich rüberlassen! Wenn ich aus der Tram steige und keinen Schirm bei mir habe, laufe ich schnell unter das Vordach der Apotheke. Aber ich überquere die Via Marina immer an derselben Stelle, das ist keine Absicht, das heißt, es ist schon Absicht, aber es ist mir nicht bewusst. Und dann denke ich an ihn. Ich denke so sehr an ihn, dass ich ihn regelrecht vor mir sehe: ihn, Mario, wie er auf dem Bürgersteig lief. Er überquerte die Straße nicht. Es war so heiß, dass sich sein Körper instinktiv einen Weg im Schatten suchte. Mario lief schnell, links von ihm das Loreto-Krankenhaus, rechts von ihm die Straße zum Meer – die Straße gegen das Meer, das Meer gegen die Kaserne, gegen das Arbeitsamt, gegen die Kräne am Hafen. Er ging genauso schnell wie der Mann, der kurz zuvor am Geldautomaten gewesen war, doch Mario lief an der Bank vorbei, der *Divani & Divani, Chateau d'Ax*. Der Mann vom Geldautomaten war jetzt knapp hinter ihm, sein Gesichtsausdruck sagte: Ich habe gerade Geld abgehoben, pass bloß auf, dieser Stadt ist nicht zu trauen. Marios Gesichtsausdruck sagte überhaupt nichts. Er lief zügig, wich den Baumwurzeln aus, die den Bürgersteig hochwölbten, immer nach rechts wich er ihnen aus, zur Straße hin. Der Mann vom Geldautomaten wich nach links aus, wo das Krankenhaus war, als könnte er, wenn er weiter innen ging, einen Überfall verhindern, als würde das gefürchtete Mofa im letzten Moment doch nicht die Bordsteinkante nehmen.

Dem Schatten blieben jetzt nur noch wenige Bäume. Sie sprengten den Asphalt, und Mario kurvte im Slalom zwischen ihnen durch. Der letzte war riesig, er ließ nur wenig Raum zwischen Stamm und Mauer. Mario schlängelte sich hindurch, berührte die Rinde, dann hörten die Bäume auf. Ein paar Schritte in der Sonne, er sah zum Vordach der Apotheke, gleich würde er wieder im Schatten sein. Hier war es ruhiger, und so lief er auf der Straße. Der Eingang zur Notaufnahme war eine Baustelle, Autos fuhren hier keine, man musste also nicht nach links und rechts schauen, um die Straße zu überqueren. Für drei Schritte brauchte Mario eine gute Sekunde. Der Mann vom Geldautomaten hörte ein Motorengeräusch, gefährlich nah, er spürte die aufgewirbelte Luft, und als er sich umdrehte, sah er einen ausgestreckten Arm. Erschrocken blieb er stehen, umklammerte seine Hosentasche, doch das Mofa fuhr an ihm vorbei, und der Typ, der hinten saß – der einzige mit Helm weit und breit –, rammte ein fünfzehn Zentimeter langes Messer zwischen Marios Schulterblätter. Dann klopfte er ihn überall ab, griff ihm dabei untern Arm, als wären sie gerade auf dem Weg zur Kneipe, zog ihm etwas aus der Tasche, stieg wieder aufs Mofa und ließ sich in Richtung Sant'Erasmo kutschieren.

Messer sind schon komische Waffen. Luisa hatte mir versichert, dass es nicht wehtut, den Einstich merkst du nicht mal, und während sie das sagte, fuhr sie mit der einen Hand ihren rechten Oberschenkel entlang. Insgesamt hatte sie siebenundzwanzig Stiche und eine weiße Narbe. Eben, mit einem Messer schlitzt man Beine auf, nicht einen Rücken. Man nimmt es zur Verteidigung, nicht zum Töten. An einem Messerstich stirbt man nur, wenn es sich um ein Versehen handelt, wenn jemand bei einer Schlägerei die falsche Ader erwischt, im Fußballstadion zum Beispiel, oder an Silvester, draußen in Mergellina, wenn eine Linie Koks gerade mal zehn Euro kostet und sich auch der ärmste Schlucker was von dem Zeug reinziehen kann. Will man jemanden hinterrücks töten, braucht man schon 'ne Knarre, hatte sich Mario wohl gedacht. Wenn ich an ihn denke, versteifen sich meine Muskeln am ganzen Rücken, und für den Rest des Tages tut mir alles weh.

Der Eingang zur Notaufnahme war eine Baustelle. Sie reparierten gerade die Auffahrtsrampe. Von der Seiteneinfahrt schickten sie einen Krankenwagen los – das Stückchen hätten sie Mario auch locker tragen können.

Der Mann vom Geldautomaten saß auf dem Boden, neben Mario, aber nicht zu nah, genauso nah oder weit weg wie vorher, als er hinter ihm hergelaufen war, genau diesen einen Meter Entfernung, vorher, auf dem Bürgersteig. An einen Baum gelehnt saß er da und wartete, bis die Sanitäter Mario in den Krankenwagen geladen hatten. Dann folgte er zu Fuß in die Notaufnahme.

Er war der Erste, den ich sah, als ich hereinkam. Er saß auf einer Bank, den Kopf gegen die Wand gelehnt.

«Er darf hier leider nicht rein. Er ist zu jung.»

«Was soll der Scheiß, Dottò!» Ich nahm den Pfleger zur Seite und versuchte ihn zu überreden. «Was soll ich denn so lange mit ihm machen?»

«Zutritt ist nur für Kinder ab zwölf.»

«Das ist mir schon klar, aber soll ich warten, bis er zwölf wird?»

Dieses Lächeln war seine letzte Chance, gleich hätte ich die Trage links an der Wand umgestoßen.

Der Mann vom Geldautomaten erhob sich.

«Gehören Sie zu dem Mann, der mit dem Messer verletzt wurde?»

«Ja.»

«Ich nehme den Kleinen, gehen Sie ruhig.»

Tonino saß da und war jetzt schon völlig durchgeschwitzt. «Passen Sie auf, dass er's nicht übertreibt.»

Dann wandte ich mich an den Pfleger.

«Und Sie passen auf den Signore hier auf, hören Sie? Sie tragen die Verantwortung.»

Auf der Intensivstation kannst du im Grunde überhaupt nichts ausrichten, du stehst einfach nur blöd herum, und eigentlich lassen sie dich nur rein, um dir zu beweisen, dass er noch atmet und dass sie dich nicht verarscht haben, als sie meinten, er sei noch am Leben.

Dieser Körper da, der hatte mit Mario schon nichts mehr zu tun. Beim Rausgehen wusste ich nur: Mario lebte, Prognose ungewiss. Tonino hatte sich auf die Bank gelegt und war mit dem Kopf auf den Beinen des Mannes eingeschlafen.

«Sind Sie die Ehefrau?»

Spontan sagte ich ja, während ich langsam den Stein an meinem Ring nach innen drehte.

«Signora, wenn Sie möchten, fahre ich Sie nach Hause, mein Auto steht vor der Apotheke.»

«Danke, aber ich wohne in Ponticelli.»

Die Ärzte hatten zunächst dem Mann vom Geldautomaten einen ersten Befund mitgeteilt. Ihm hatten sie die Sachen aus Marios Hosentaschen übergeben, sie dann aber wieder genommen. Die Polizisten hatten ihn gebeten, noch zu bleiben, sie wollten seinen Ausweis sehen und eine Zeugenaussage, er sollte am nächsten Tag aufs Revier in die Via Cosenza kommen. Da hatte sich der Mann vom Geldautomaten auf die Bank gesetzt, gewartet, nicht mal zum Rauchen war er rausgegangen. Als ich zurückkam, hatte er mich angesehen, als wäre ich eine Kassiererin, die ihren Kollegen ablöst. Doch als Tonino auf seinen Beinen eingeschlafen war, war er ruhiger geworden, er hatte seine Atmung der des Jungen angepasst, da ging's ihm schon besser.

Jetzt musste er mir erst mal alles erklären.

Nur deshalb bin ich in sein Auto gestiegen – mich muss man nicht nach Hause fahren, noch nie hat mich jemand nach Hause gefahren. Auch nicht, als ich mit Tonino schwanger war, mit dicken Beinen an der Haltestelle stand und darauf wartete, dass sich der Stau auflöste, und dann in der Tram die Jungs von ihren Plätzen scheuchte.

Jedenfalls konnte mich der Signore jetzt nicht einfach so vor der Tür absetzen und verschwinden, wo er die ganze Fahrt über keinen Ton gesagt hatte.

«Kommen Sie doch noch mit hoch.»

«Nein, danke.»

«Hören Sie, ich sage das nicht zum Spaß, Sie schulden mir eine Erklärung.»

«Ich? *Sie* schulden mir eine Erklärung.»

«Ich hör wohl nicht recht, wollen Sie mich verarschen? Mein Mann liegt im Krankenhaus, was gibt es da groß zu erklären? Was genau ist passiert?»

«Tut mir leid, Signora, aber ich stehe wohl noch etwas unter Schock.»

«Sind Sie auch verletzt?»

«Nein.»

«Dann können Sie ja mit hochkommen.»

Ich habe meine Schuhe ausgezogen. Seit ich vierzehn bin, kaufe ich mir immer Schuhe, die mindestens einen 60er-Absatz haben. Mit Schuhen, die weniger als Absatz 60 haben, nehmen mich die Leute nicht ernst, sie sind misstrauisch, kommt mir zumindest so vor. Aber wenn dir schon jemand seine Bikinizone oder die Achseln hinhalten muss, um sich die Haare ausreißen zu lassen, dann ist Vertrauen alles.

Damals habe ich meine Schuhe jedenfalls ausgezogen, um mir die ganze Geschichte anzuhören.

«Ich mache dem Jungen ein paar Nudeln, möchten Sie auch welche?»

«Nein danke, ich kriege jetzt nichts runter.»

«Wie Sie wollen, ich muss dem Kleinen jedenfalls was machen, wenn Sie Hunger haben, können Sie gerne mitessen.»

Während ich mit dem Rücken zu ihm stand und kochte, erzählte er mir alles. Dann fragte er:

«Was macht Ihr Mann?»

«Mein Gott, was soll denn die Frage! Er arbeitet als Kurier. Warum, was arbeiten Sie denn?»

«Ich habe ein Geschäft für Regenschirme in der Via Toledo.»

«Na also, als Geschäftsmann dürften Ihnen gewisse Dinge ja nicht ganz unbekannt sein.»

«Hören Sie, Signora, zwischen wissen und tun ist immer noch ein Unterschied. Ist er Geldkurier?»

«Was?»

«Überbringt Ihr Mann Geld?»

«Madonna, er liefert das, was so anfällt. Er ist kein Dealer, wenn Sie das meinen. Er überwacht die Lieferungen, kontrolliert, ob sie auch ankommen.»

«Ich meinte, liefert er auch Geld?»

«Warum wollen Sie das wissen?»

«Was haben die Typen denn gesucht?»

«Stoff.»

«Und warum haben sie ihn niedergestochen? Waren es Junkies?»

«Ich dachte, das könnten *Sie* mir vielleicht sagen. Ich habe keine Ahnung. Wir werden's schon noch erfahren.»

Der Mann vom Geldautomaten kam nun jeden Tag ins Loreto-Krankenhaus, Punkt drei, zur Besuchszeit. Im Treppenhaus wartete er auf mich und rauchte eine mit den Krankenpflegern, während ich – vor der Intensivstation – blöd herumstand. Um Viertel nach vier ließen sie mich für zwanzig Minuten rein, er wartete inzwischen im Auto auf mich, während ich – jetzt in der Intensivstation – blöd herumstand. Dann fuhr er mich wieder nach Hause. Wenn die Nachbarin Tonino nicht nehmen konnte, nahm er ihn, ich brauchte mir also keine Sorgen zu machen, und während ich im Krankenhaus blöd herumstand und wartete, gingen die beiden zur Eisenbahnbrücke der *Circumvesuviana* und sahen zu, wie die Züge abfuhren.

Einmal hat er uns nach dem Krankenhaus in die Pizzeria auf der Piazza Carità eingeladen.

«Wenn wir noch ein Stück gehen, zeig ich euch mein Geschäft.»

«Das wird mir ehrlich gesagt zu spät, morgen ist Toninos letzter Schultag. Sie haben doch heute schon genug für uns getan.»

«Anna, wir sehen uns jeden Tag, da könnten wir uns eigentlich auch duzen.»

«Mama, ich könnte doch morgen die Schule schwänzen.»

«Tonino, red keinen Unsinn. Und Sie, tun Sie mir bitte den Gefallen und reden auch Sie keinen Unsinn!»

Ich ging weiterhin fleißig ins Krankenhaus, aber eigentlich war es vertane Zeit. Die Ärzte sprachen nicht mit mir, und zwar nicht nur, weil ich nicht die Ehefrau war. Sie dachten, das bisschen, das ich verstehen konnte, hätten sie mir sowieso schon gesagt. Außerdem hätten sie das Bett wohl lieber einem anderen Patienten gegeben – für einen, der von hinten mit einem Messer niedergestochen wurde, war das schon genug Sauerstoff!

Nach und nach verlor ich meine Kundschaft. Wenn eine Kosmetikerin während der Sommermonate ihren Laden schließt, kann sie gleich einpacken. Trotzdem pflanzte ich mich auch weiterhin vor den Eingang der Intensivstation, Punkt drei, und ging erst wieder, wenn ich ihn gesehen hatte.

«Warum sind Sie eigentlich immer so früh hier? Vor Viertel nach vier kommt hier sowieso keiner rein.»

«Entscheidet *ihr* jetzt schon, was *ich* nachmittags zu tun habe? Das wär ja noch schöner!»

Eines Morgens hatte Mario anscheinend genug Sauerstoff abbekommen und erwachte aus dem Koma. Er hatte blaue Augen. Keiner wäre auf die Idee gekommen, mir Bescheid zu geben, so stand ich wieder vor der Intensivstation, und ein Pfleger sagte mir, man hätte ihn verlegt. Als ich ihn sah, wusste ich sofort: Das ist nicht mehr er. Es war die Art, wie er mich anstarrte. Früher, wenn Mario mich ansah, war ich schön, aber das war nicht dieser starre Blick.

Endlich konnte ich etwas für ihn tun, ihm Omelette in Thermogefäßen bringen, abgefüllten Kaffee von zu Hause, als er seinen Körper wieder unter Kontrolle hatte, die Harnflasche leeren, ihn mit Johannisöl einreiben, gegen das Wundliegen, ihn anders lagern, denn auf dem Rücken liegend konnte er gar nicht richtig atmen.

Seit Mario aus dem Koma aufgewacht war, ließ sich der Mann vom Geldautomaten nicht mehr blicken. Dafür war Capisante aufgetaucht und hatte mich zu sich rufen lassen. Zuerst wollte er wissen, wie's Mario ging. Dann hatte er gefragt, ob der Signore, der ihn ständig im Krankenhaus besuchte, Genaueres wüsste, ob ich Genaueres wüsste, ob Mario mir irgendetwas gegeben hätte. Ich hatte ihm geantwortet, der Signore will was von mir, und Mario hat mir einen feuchten Dreck gegeben. Erst da hatte er mir gesagt, er wüsste, wer ihn niedergestochen hatte. Es waren Verräter, ein Teil des Systems, die versuchten, eine selbständige Organisation aufzubauen. Sie fingen kleine Lieferungen ab und warteten darauf, eines Tages den großen Coup zu landen. Aber ich wollte eigentlich nur eins wissen, weil es mir einfach keine Ruhe ließ:

«Warum hat er nicht geschossen?»

«Weil er keine Knarre hatte.»

Capisante hatte die flackernde Flamme gesehen, die es nicht schaffte, die Zigarette anzuzünden, er hatte seine Hand auf meine gelegt, damit sie nicht so zitterte.

«In ruhigen Zeiten läuft doch keiner bewaffnet durch die Gegend. Wenn sie dich bei einer Kontrolle erwischen, hast du den Scheiß.»

«Aber sie hätten ihn fast umgebracht!»

«Annarè, die wussten genau, dass er nicht bewaffnet war, sonst wären sie doch nicht mit einem popeligen Messer auf ihn los.»

Dann hatte er noch gesagt: «Keine Sorge, um die haben wir uns schon gekümmert.» Wir hatten uns verabschiedet, einer von Capisantes Leuten hatte mich nach Hause gefahren, einen Korb aus dem Kofferraum geholt und ihn mir auch noch hochgetragen. In dem Korb waren Nudeln, Käse, Zucker und Kaffee. Und achthunderttausend Lire in einem Briefumschlag – obwohl Capisante alles, was ich ihm sagen konnte, längst wusste. Nochmal zu der Sache, dass man Mario rächte: Vermutlich hatte Capisante seine Position behaupten und einen Aufstand verhindern können, der Racheakt war da nur noch Nebensache, so wie Mario und ich. Trotzdem hatte mich sein Anruf gefreut; als Mutter von Marios Sohn war man anscheinend doch etwas wert.

Auch jetzt, auf der Station, war Mario wie im Koma: Er redete kaum, ließ sich von vorn bis hinten bedienen, und keiner wusste, ob er diesen Ort jemals auf seinen eigenen Füßen stehend verlassen würde. Eines Tages tauchte der Mann vom Geldautomaten wieder auf, er wollte mit mir reden, und wir gingen auf einen Kaffee in die *Bar Loreto*.

«Trinken Sie ihn heiß?», fragte der Barkeeper.

Da wurde mir erst bewusst, dass schon Oktober war, ich langsam meine Wintersachen rausholen musste und Tonino noch nicht in der Schule angemeldet war.

«Wenn Sie mir eine Vollmacht geben, kann ich das ja machen. Allerdings würden Sie mir damit gestehen, dass der Junge Ihren Namen trägt und Sie auch nicht verheiratet sind.»

Zu gestehen gab es da überhaupt nichts. Er wusste sehr genau, dass mir mit meinen dreißig Jahren auf dem Buckel und einem Mann an der Seite, der noch immer nicht entschieden hatte, wie lange er noch leben wollte, nichts anderes übrigblieb, als nach Hause zu fahren, nach Ponticelli, mir die Schuhe mit den höchsten Absätzen anzuziehen und zu behaupten, ich sei verheiratet. So ist das nun mal.

«Robè, woher wissen Sie das?»

«Vom Ermittlungsrichter. Die Ermittlungen laufen schon, gestern haben sie mich angerufen. Ich wollte, dass Sie das wissen.»

«Mich haben sie auch schon vernommen. Allerdings nicht der Ermittlungsrichter.»

«Capisante?»

«Mh.»

«Hat er etwas gesucht?»

«Was gibt's denn bei mir schon zu suchen?»

«Keine Ahnung. Ich weiß nicht, wie das bei denen abläuft.»

Ehrlich gesagt wusste ich das auch nicht. Langsam, aber sicher wusste ich allerdings, dass Roberto mir irgendetwas verheimlichte. Gleichzeitig wusste ich, das Einzige, was mich nicht umbringen würde, war, ihm zu vertrauen. Und ich wollte vertrauen. Um wieder ruhiger zu werden.

«Ich hätte eine Bitte, aber ich weiß nicht, ob Sie mir helfen können.»

«Wenn Sie mir nicht sagen, worum es geht, werden wir's nie erfahren.»

«Würden Sie mit den Ärzten sprechen? Mir sagen die ja nichts.»

«Und warum sollten sie mir mehr sagen?»

«Weil Sie sich geschickter anstellen.»

Und so erfuhr ich, dass es nur noch um das Wo ging: Es galt zu entscheiden, wo er sterben sollte. Mario hatte keine Angehörigen, außer seiner Frau, die er zwei Monate nach der Hochzeit wegen mir verlassen hatte, keine Ahnung, wo die jetzt war. Ich sprach mit Capisante, irgendjemand unterschrieb irgendeinen Wisch, und Mario durfte nach Hause in sein eigenes Bett, hier konnte er in Ruhe sterben, da waren sich alle einig. – Aber Mario dachte gar nicht daran zu sterben und blieb weitere sieben Monate in seinem Bett liegen. In der Zwischenzeit hatte Tonino in der Schule fast schon Lesen und Schreiben gelernt.

Als Tonino noch ganz klein war, war die Sozialarbeiterin gekommen, die mir die Wohnung zugewiesen hatte, und hatte eine Tasse und eine Murmel vor ihn hingestellt.

«Wirf die Murmel in die Tasse», hatte sie ihn aufgefordert und gelächelt.

Tonino hatte sie angesehen, die Tasse genommen und zum Mund geführt. Da hatte die Sozialarbeiterin mich vertrauensvoll angelächelt.

«Er versteht die simpelste Aufforderung nicht», hatte sie gesagt. «Aber das macht nichts. Im Kindergarten wird er das schnell aufholen.»

Tonino war damals schwer enttäuscht gewesen. In diese Tasse hatten Mario und ich ihm nachmittags immer einen Schluck Kaffee gekippt und dann mit Wasser verdünnt, damit er sich nicht ausgeschlossen fühlte, wenn wir unseren Kaffee tranken.

Aber jetzt war die Sozialarbeiterin sichtlich zufrieden; Tonino hatte aufgeholt. Er hatte gelernt, das zu tun, was man von ihm verlangte. Wenn er nach der Schule nach Hause kam, stürzte er sofort ins Schlafzimmer zu seinem Vater. Er kletterte aufs Bett, nahm das Laken und baute ein Zelt. Dann versteckte er sich unterm Bett, damit Mario ihn suchte, aber der hatte nicht mal die Kraft zu sprechen, er streckte nur seinen Arm aus und klopfte ans Bettgestell. Das war das Zeichen: Tonino wusste, er hatte ihn gefunden.

Manchmal wollte er meine Kosmetiktasche, um Mario die Nägel zu machen. «Pass auf, hörst du?», aber ich wusste ja, wie präzise und geduldig Tonino mit der Nagelfeile umgehen konnte, im Gegensatz zu mir, weil meine Hände so zitterten. Wenn er einen Malblock und Ölkreide vor sich hatte, malte er immer über den Rand der Figuren hinaus, aber Fingernägel lackierte er sehr ordentlich.

So haben Mario und ich uns kennengelernt: Am Tag seiner Hochzeit war er zu mir gekommen, zur Maniküre.

Deshalb sollte ihm Tonino jetzt ruhig die Nägel machen, auch wenn Mario überhaupt nichts mitbekam.

Während Tonino also meinen Job machte, übernahm ich Marios Job – weniger seine Aufträge, auch nicht sein Gehalt. Aber ein bisschen dealen, das ging schon, viele Frauen machten das. Die, die unten wohnten, saßen bis zu einer bestimmten Uhrzeit einfach nur am Fenster, wie an einem Verkaufsschalter. Ich wohnte allerdings im siebten Stock und musste runter auf die Straße, aber hier in den Außenbezirken waren die Zeiten ganz okay: von halb sieben bis zwölf, spätestens ein Uhr. Ich setzte Tonino einfach vor den Fernseher, und wenn ich wiederkam, schlief er. Im November war es nicht besonders kalt, der Dezember war da schon eher ein Problem, aber im Dezember hatte meine Nachbarin einen Stand mit Knallkörpern, wir legten Kohlen in eine Tonne, packten die Kinder warm ein und nahmen sie mit an unseren Stand, bis spätabends.

Als Mario starb, war Tonino gerade in der Schule. Ich rief die Sozialarbeiterin an. «Nehmen Sie ihn bitte zu sich.»

«Das geht nicht. Wo soll ich denn mit ihm hin?»

«Keine Ahnung, aber, bitte, nehmen Sie ihn, bis alles vorbei ist.» Keine sechsunddreißig Stunden, und Tonino war wieder da. Er riss die Tür auf, nahm nicht mal seinen Schulranzen ab, rannte ins Schlafzimmer, und als ich mich umdrehte, sah ich, wie er auf dem Boden saß und gegen das Bettgestell klopfte.

Als der Trauerzug bei der Kirche gerade um die Ecke bog, tauchte Roberto auf. Auf dem Friedhof, als sich alle von mir verabschiedeten, sah ich ihn dann allerdings nicht mehr. Aber am *trigesimo*, dreißig Tage nach der Beerdigung, sah ich ihn wieder, er kam zur Messe, danach fuhr er mich nach Hause. «Kann ich irgendetwas für Sie tun?»

«Haben Sie eine Familie?»

«Ich habe eine Schwester, sie ist Pförtnerin in der Via Toledo, nicht weit von meinem Laden.»

«Hat sie Kinder?»

«Ja, zwei Jungs.»

«Würden Sie nachmittags Tonino nehmen, dann ist er beschäftigt. Er könnte doch mit Ihren Neffen spielen.»

Um acht brachte er ihn wieder. Ich hatte ihm gesagt, ich würde runterkommen, zum Tor – ich wollte nicht, dass ausgerechnet Roberto mich beim Dealen erwischte. Aber er wusste es sicher sowieso schon. Allerdings hat er nie einen Ton gesagt, und dafür dankte ich ihm auf meine Art:

«Hör mal, Roberto, ist doch lächerlich, dass wir uns immer noch siezen. Das glaubt uns doch sowieso keiner, so oft wie wir uns sehen.»

«Was ist denn jetzt los? Feiern wir unseren ersten Jahrestag?»

Ich dachte, das ist ein Witz, aber stimmt, es war Juni, als er das sagte. Und genau am Tag des heiligen Antonio, am 13. Juni, hatte Mario mit seinen blauen Augen zum Dach der Apotheke gesehen. Jetzt erst fällt mir das auf, damals hätte ich nicht sagen können, wie lange Roberto und ich uns schon kannten. Hätte ich mir schon früher klargemacht, dass er genau wusste, seit wann wir uns kannten, ich aber nicht, wäre ich sicher nicht so erstaunt gewesen, als er mir einen Heiratsantrag machte. Dass er was von mir wollte, war klar, aber gleich heiraten? Im Grunde hatten wir uns nur einmal umarmt, vor dem Kino, ich wollte ins *President*, weil ich seit Toninos Geburt keinen Kinosaal mehr betreten hatte.

Und er war nicht dumm. Auf meine Gefühle konnte er zwar nicht zählen, auf meine Lage dagegen schon: Ich hatte einfach keine Wahl.

Aber im Grunde war es keine Frage der Wahl. Mal ehrlich, wenn du einen Mann heiratest, musst du früher oder später mit ihm ins Bett, da reicht es dann nicht mehr, dass du dich immer nur bei ihm bedankst, weil er dir diesen Gefallen getan hat, um den ihn eigentlich keiner gebeten hatte. Früher oder später fängt man an zu streiten, ist genervt und muss Klartext reden, auch wenn die Abmachung war, dass man nur deshalb geheiratet hat, um endlich seine Ruhe zu haben.

Da fielen mir wieder so Szenen ein, wie ich mal fix und fertig war und Mario nach Hause kam und sich mit seinen Arbeitsklamotten aufs Bett knallte, das noch gar nicht gemacht war, und Tonino tobte seit Stunden, wahrscheinlich hatte er nachmittags nicht geschlafen, nicht eine Minute, und ich kriegte einfach nichts auf die Reihe und wäre so froh gewesen, wenn das Essen schon fertig auf dem Tisch gestanden hätte, aber das Nudelwasser kochte noch nicht mal, und bestimmt rief dann Capisante auch noch an, und Mario sagte: «In einer halben Stunde muss ich runter», obwohl es schon zehn Uhr abends war. Und ich wurde so wütend und fing an zu schreien und warf einen Teller nach ihm, und er verfluchte meine Mutter, weil ich so bin, wie ich bin, und um ein Haar hätte er mir eine geknallt. Dann, etwas später, als ich mich beim Salatwaschen wieder beruhigte und die Blätter auch nicht mehr ganz so wütend abriss, drehte ich mich plötzlich um – und da stand Mario und sah mich an. Vielleicht hatte er mich schon eine ganze Weile angesehen, was ich nur nicht bemerkt hatte. Da fühlte ich mich schön, obwohl ich verschwitzt und müde war. Vielleicht fühlte ich mich so schön, weil ich wegen ihm verschwitzt und müde war. Jedenfalls spürte ich, wie meine Brüste gleich das Kleid sprengen würden und wie meine Beine zitterten, bis er zu mir kam und sie beruhigte.

«Robè, außer trocken Brot gibt's hier nix zu holen.»

Genau das sagte ich am nächsten Morgen zu ihm, unten, an der Tür, dann strich ich ihm über die Wange und ging schnell wieder hoch, weil ich Hausschuhe anhatte und nicht wollte, dass die Nachbarn mich so sahen.

Früher gab es nur eine Straße, die von Gianturco hierher führte. Bis zur Piazza Garibaldi musste man mit ungefähr einer Stunde rechnen, wegen des Verkehrs und der vielen Kreuzungen. Aber keiner rechnete mit einer Stunde, uns kam die Strecke immer viel kürzer vor, als sie im Endeffekt war. Seit dem Bau der neuen Verbindungsstraße konnte man die Leute schon von weitem sehen. Unsere Kunden kamen mit dem Mofa oder mit dem Bus. Sie stiegen an der Haltestelle auf der Brücke aus und liefen die Leitplanke entlang. Unter dem gelben Licht der Straßenlaternen fingen sie schon an zu grinsen. «Zwei Tütchen für fünfzig», sagte einer der beiden. Eigentlich hätte ich es da schon merken müssen, wenn einer immer noch sein goldenes Armkettchen hat und zu mir kommt.

«Moment», ich drehte mich um und ging rüber zum Abfallkorb. Als ich die zwei Tütchen für fünfzigtausend Lire herausnahm, hätte ich noch eine Chance gehabt, denn ich war weit genug entfernt von den beiden. Ich hätte locker zu dem Auto gehen und dann schnell wegrennen können, in meine Straße, rein ins Haus, Aufgang C, rauf aufs Dach und schnell in meine Wohnung. In diese Gegend hätten sich die zwei Bullen bestimmt nicht getraut.

Zu Hause dann Toninos halbleerer Teller und Tonino vor dem Fernseher. Erst später hätte ich mir dann Sorgen um ihn gemacht, zusammen mit der Nachbarin auf dem Geländer sitzend: «Der Kleine isst einfach nichts», hätte ich gesagt und dabei die Flip-Flop-Sandale auf dem Fuß wippen lassen.

Seit zwei Jahren schon kam ich fast jeden Abend hierher, zu diesen Abfallkörben, seit die Stadt sie im Rahmen ihrer Aktion *Sauberer Park* aufgestellt hatte. Mit ihren Lastwagen waren sie angerauscht – wir hatten immer noch Senkgruben, keine Kanalisation, und wenn es drei Tage hintereinander regnete, kam der ganze Brei hoch, und wir konnten nicht mal die Kinder in die Schule schicken –, jedenfalls hatten sie im gesamten Viertel hundert rote Plastikkörbe abgeladen. Der Vermessungstechniker, der die Abstände zwischen den einzelnen Abfallkörben festlegte, erklärte stolz, ein berühmter Architekt aus Mailand, der auch die Villa Comunale übernommen hatte, hätte sie extra für uns entworfen. Kaum waren sie weg, griffen sich die Kinder die kaputten Querstangen der Bänke und rissen damit die Körbe wieder herunter. Einen Korb ließ sich meine Nachbarin abmachen, sie wollte ihn als Wäschekorb benutzen. Abends kam dann auch noch Capisante vorbei. Er schlich um einen der Körbe und meinte, die rührt mir keiner an!

Von da an fischte ich Tütchen mit Heroin für vierundzwanzigtausend Lire oder mit Kokain für fünfzigtausend aus diesen Körben. Es waren winzig kleine Tütchen, die deutlich weniger als ein halbes Gramm wogen. Es gab Zeiten, da war es wirklich schwierig, an guten Stoff ranzukommen, aber darüber regte sich keiner allzu sehr auf, und wenn, dann nicht bei mir. Ich erledigte den Deal ohne groß nachzudenken, ganz automatisch. Na ja, und so nahm ich an dem Tag eben den Stoff und trottete damit zu den Bullen mit dem goldenen Armkettchen, weil ich müde war, und wenn ich müde bin, rede ich mir immer ein, es wird schon klappen.

Und dann sagte ich etwas, worauf ich keine Antwort erwartete, ich sagte es, weil es meine einzige Sorge war, als ich in den Streifenwagen stieg, und weil die Polizistin die erste Frau war, die ich sah: «Ich habe einen achtjährigen Sohn zu Hause. Er hat nur mich.»

«Warum treibst du dich dann auf der Straße herum?»

Damit muss man rechnen. Und gerade weil wir damit rechnen, haben wir auch keine allzu große Angst, und darauf kommt es schließlich an: keine Angst haben. Wir wissen ungefähr, was wir sagen dürfen, und wir wissen sehr genau, was wir auf keinen Fall sagen dürfen, auf wen wir warten müssen und was wir fragen sollen. Unser Viertel ist ein ständiges Rein-in-den-Knast, Raus-aus-dem-Knast. Noch nie habe ich jemanden bei einer Lüge ertappt, weil er sein Gesicht wahren wollte, von wegen, er war länger unterwegs, mit dem LKW oder auf 'nem Schiff, oder er war schwerkrank und lag monatelang im Krankenhaus, nichts dergleichen. Das Gefängnis isoliert nicht, es verbindet. Wenn einer wieder rauskommt, ist das so, als würde man sich nach dem

Krieg wiedersehen, und dann redet man sich alles von der Seele oder schweigt, um nicht mehr daran zu denken. Als die Bewährungszeit von Capisantes Schwager um war, gab's ihm zu Ehren um zwei Uhr nachts ein Feuerwerk auf der Piazza. Für einen Mann ist das ein wichtiger Schritt: Wenn man das Gefängnis unbeschadet übersteht, zählt man mehr, die Bosse wissen, auf den ist Verlass, und geben ihm bessere Aufträge.

Bei einer Frau ist das anders. Wenn sie sich nicht selbst zum Boss macht – und davon gibt es nicht gerade viele –, hat die Frau eigentlich keine Wahl, sie hat nur eine Möglichkeit: nicht daran denken. An manche Sachen darf man einfach nicht denken. Tonino ist zwar kein Anführertyp, aber dumm ist er auch nicht. Und diese Mischung ist gefährlich. Er verteidigt sich, ohne zu agieren. Er schweigt einfach. Wenn Mario und ich uns vor ihm stritten, oder wenn ich mit ihm schimpfe, oder wenn die Sozialarbeiterin ihm eine Frage stellt und ihn somit zwingt, an etwas zu denken, an das er nicht denken will, dann schaut er einfach raus, und falls er nicht rausschauen kann, schaut er auf den Boden, aber nicht *auf* den Boden, sondern *durch* den Boden, weit weg. Weit weg von mir, von sich, von allen. Dagegen ist man machtlos. Und das war der Punkt: Ich durfte auf keinen Fall daran denken, wie Tonino in einem Internat saß und weit weg schaute. Nur so kann man zwei Jahre Gefängnis überstehen. Das ist die einzige Möglichkeit, um zu überleben.

Dadurch verlor ich aber genau das, an das ich nicht denken durfte.

Ich war oft bei Frauen zu Hause, um ihnen die Haare mit Wachs zu entfernen. Deren Kinder waren im Ausland, sie studierten in Amerika oder arbeiteten irgendwo in der

Forschung, jedenfalls waren sie jahrelang weg, riefen alle zwei Wochen zu Hause an, immer nur für ein paar Minuten, für ein paar Worte, die auch noch schlecht zu verstehen waren.

«In erster Linie bin ich immer noch Mutter», betonten die Frauen immer wieder. So ein Quatsch. Ich glaube, sie kamen sich unglaublich toll dabei vor, wenn sie sich ständig diesen Satz im Kopf wiederholten oder ihn laut aussprachen, aber ich wusste längst, das ist leeres Geschwätz. Die Mutterschaft endet, wenn man sie dir wegnimmt, wenn du sie jedes Mal, kaum dass du an sie denkst, unterdrücken musst, um zu überleben.

Ich hatte mal einen Sohn, und eines Tages kam jemand und hat gesagt, ich muss mich von dem Gedanken verabschieden, dass ich die bin, die ihn großzieht, und überhaupt mache ich mich gegenüber der Welt schuldiger, wenn ich frei herumlaufe, als gegenüber Tonino, wenn ich ins Gefängnis gehe, und deshalb bin ich keine Mutter mehr – wie die Frauen sagten. Ich hatte eine gewisse Verantwortung, und die konnte ich nur übernehmen, indem ich weiterlebte. Ich habe mein Leben nicht gut gelebt, keineswegs, habe viel falsch gemacht, ich habe schlecht gelebt, sehr schlecht sogar, aber ich kannte nur eine Möglichkeit, um diesen Auftrag anzunehmen: Ich musste mich dem Leben stellen. Drin, im Gefängnis, spürte ich nur noch die Last der Verantwortung. Selbst wenn ich unschuldig gewesen wäre, wenn ich den beiden Bullen kein Kokain gegeben hätte, hätte ich mich trotzdem schuldig gemacht, und zwar mit jeder Minute, die Tonino mich gesucht hat und schließlich lernen musste, mich nicht mehr zu suchen.

Tagsüber, wenn ich wach war, ging es einigermaßen, ich lief in der Zelle herum, mit meinem Körper maß ich den Raum ab, aber die Zeit war nicht so leicht messbar. Mit dreizehn waren wir eins mit unserem Körper, nachts, wenn wir nicht auf dem Bauch schlafen konnten, weil sich die Drüsen in unserer Brust bemerkbar machten, dasselbe Spiel dann immer einmal im Monat, all die Jahre, die wir zur Verfügung hatten. Mein Körper war Toninos Zeit und Toninos Raum. Die Zeit entsprach den Pausen zwischen dem Stillen. Das Gefängnis ist nicht die Bestrafung der Seele, weil die Seele gesündigt hatte, wie der Pfarrer uns in seiner Predigt immer weismachen wollte. Es ist die Bestrafung des Körpers, weil der Körper versagt hatte. Trotzdem schaffte ich es irgendwie, mich abzulenken, wenn ich wach war. Auf Zehenspitzen stehend, erzählte ich den anderen von meinen hochhackigen *decolleté*-Schuhen aus der Zeit vor dem Gefängnis, außerdem hatte ich jetzt die perfekte Technik, um meine Fingernägel an einem Stein zu feilen. Eines Nachts träumte ich, dass ich mich mit der Nabelschnur erwürgte, und weil es keinen Balkon gab, auf dem ich hätte frische Luft schnappen können oder mir gut zureden – ist doch nur ein Traum –, wurde diese Angst zu meiner einzigen Wirklichkeit. Luisa war es, die den Aufseher rief, sie wollte endlich schlafen, weil ihre Narbe am Bein so schmerzte. Dann fing ich an, Pillen zu schlucken. Hohe Absätze verbieten sie dir im Gefängnis ja, aber Schlafmittel kriegst du so viel du willst. Außerdem hatte ich eine Therapie begonnen.

Die Psychologin sprach ausführlich über all die Ängste, und was eine Inhaftierung für Schäden anrichten kann. Alle zählte sie auf, führte sie mir vor Augen, meinte dann aber, es seien gar nicht so viele und man könne sie überwinden, doch da täuschte sie sich gewaltig. In meinem Fall lag das Problem woanders, denn diese ganzen Schäden, die kannte ich schon von früher, als ich noch draußen war: Längst hatte ich mich damit abfinden müssen, meinen Sohn nicht jeden Abend ins Bett zu bringen, längst kannte ich das Gefühl, keine andere Wahl zu haben, längst schämte ich mich für Dinge, die ich tun musste, weil mir gar nichts anderes übrigblieb – so gesehen war das Gefängnis nichts Neues.

Aber in mir, da war jetzt dieser Schmerz. Es war das verzweifelte Rennen einer Seele, die man in einen Drei-mal-vier-Meter-Raum eingesperrt hatte, als würde jemand in meinem Kopf rennen, statt meiner; während ich stillstand und nichts tat, quälte sich jemand für mich ab, ohne jemals anzukommen. Wo er ankommen sollte, weiß ich allerdings immer noch nicht. Die Psychologin meinte, das sei normal, Ängste und Depressionen seien die beiden gängigsten Reaktionen, um der Gegenwart zu entfliehen.

Als sie das sagte, sah ich auf mein Leben und wusste genau, was sie meinte. Ich *wusste* und *spürte* das, was *sie* lediglich *durchschaute*, hatte aber keine Lust, sie darin zu bestätigen.

«Wenn du erst mal draußen bist, wirst du nicht mehr so rennen, und eines Tages, wenn du schon gar nicht mehr daran denkst, wird das Rasen ganz aufhören, ohne dass du es überhaupt merkst.»

«Okay», sagte ich.

Manchmal gaben sie uns bunte Plastikperlen und dünne, schwarze Schnüre, damit fädelten wir dann Armbänder. Das erste schenkte ich Toni, als wir uns im Besucherraum trafen.

Ich legte es um sein Handgelenk, machte einen dreifachen Knoten und sagte, er solle es nie nie abnehmen. Eine Woche später tauchte er ohne Armband auf.

«Machst du mir noch eins? Ich hab's meiner Lehrerin geschenkt.»

«Warum?»

Es war sein letztes Jahr in der Grundschule. Ich stellte mir vor, wie die Lehrerin das Armband entgegengenommen hatte, und fragte mich, ob sie so etwas auch für mich getan hätte. Für Weihnachten fädelten wir Hunderte solcher Armbänder und kauften uns dann Zigaretten. Für das letzte Weihnachten im Gefängnis stellte ich im Gemeinschaftsraum die Krippe auf und ließ mich hübsch geschminkt und liegend davor ablichten.

«Komm näher ran», hatte ich Luisa noch gesagt.

Aber Luisa war nicht näher rangekommen. Wenn ich mir das Foto jetzt ansehe, muss ich mit dem Daumen den rechten Bildrand verdecken, damit die Gitterstäbe nicht zu sehen sind, die hinter dem Schloss der Heiligen Drei Könige hervorschauen.

Am einunddreißigsten Dezember kam eine Postkarte von Roberto; darauf abgebildet war die Via Toledo, von früher, als es noch Kutschen gab. Hinten, in der Mitte, stand ganz groß 325 geschrieben und darunter *Frohes Neues Jahr, Roberto*.

Da ich mittlerweile Freigängerin war, dachte Roberto wohl, ich könnte jeden Tag für ein paar Stunden hingehen, wo ich wollte. Von wegen! Von acht bis drei arbeitete ich für eine Art Genossenschaft, danach ging's gleich zurück ins Gefängnis. Tonino war in einem Internat, zwei Stunden entfernt, und so haute er öfter mal ab, ging zum Busbahnhof, wartete auf einen Bus, stieg ohne Fahrkarte ein, und weil er so groß war, glaubten die Kontrolleure nicht, dass er erst elf war. Und ich schaffte es einfach nicht, ihm zu verbieten, mich zu besuchen. «Mein Gott, Toni, sieh zu, dass du zu deinem Abschluss kommst!»

«Ich will aber Kosmetiker werden.»

«Mach erst mal die mittlere Reife, dann sehen wir weiter.»

«Was sehen wir dann weiter? Nein, Mama, ich will auf die Kosmetikerschule.»

Eines Nachmittags fuhr kein Bus mehr zurück, und Tonino übernachtete in der Genossenschaft. Ein Arbeiter rief den Leiter des Internats an, damit man sich dort keine Sorgen machte, der wiederum meinte, so könne das nicht weitergehen.

Morgens um acht in der Genossenschaft ankommen und sehen, wie Tonino gerade frühstückte und sich mit den anderen unterhielt, das war endlich mal wieder ein richtiger Morgen.

Als Tonino wieder gefahren war, meinten sie, ich solle lieber selbst beim Direktor anrufen.

«Signora, ich muss mit Ihnen sprechen, so bald wie möglich.»

«Herr Direktor, meine Besuchszeiten sind samstags ab fünfzehn Uhr, die Adresse haben Sie ja.»

Aber schließlich ging doch ich zu ihm. Ich wollte Tonino überraschen. Mit einem Passierschein in der Hand und in Begleitung zweier Polizeibeamter in Zivil erreichte ich eines Sonntags das Internat. Die zwei Männer setzten mich dort ab und sagten, sie würden um drei am Hauptbahnhof auf mich warten. Dann schlugen sie die Autotüren zu, und ich stand

alleine vor dem Schulgarten. Dann konnte ich jetzt ja reingehen. Oder mich auf die Mauer setzen und eine rauchen.
Oder den Schienen der Tram bis zum Meer folgen. Ich fühlte
mich wie Luisa mit ihrem aufgeschlitzten Bein, als sie das
erste Mal wieder ohne Krücken gehen musste, wie Tonino in
der Nacht, als er nicht nach Hause kommen wollte.

Schließlich ging ich rein. Ich sprach mit dem Direktor,
sagte, es dauert doch nicht mehr lange, nur noch ein knap-
pes Jahr, ich zähle die Tage schon. «Sie können auch schon
mit dem Zählen anfangen. Tonino macht bald die Prüfung,
dann wird er keinen Fuß mehr in dieses Gebäude setzen.»

«Signora, verstehen Sie mich nicht falsch, aber solange er
hier in *diesem Gebäude* ist, muss er sich auf die Schule konzentrieren und sich an bestimmte Regeln halten wie alle
anderen auch.»

«Und wenn er ab und zu gegen bestimmte Regeln versto-
ßen muss, damit er sich besser auf die Schule konzentrieren
kann wie alle anderen auch?»

Ich ließ ihn allein – er sollte sich das ruhig durch den
Kopf gehen lassen – und ging zur Kapelle, um Tonino aus
der Sonntagsmesse zu holen. Als ich eintrat, hob der Pfarrer gerade feierlich die Hostie, und Tonino zupfte sich eine
Haarsträhne zurecht. Daraufhin packte eine Nonne, die
hinter ihm kniete, seinen Arm und drückte fest zu. Schnell
bekreuzigte ich mich mit Weihwasser und knöpfte mir die
Nonne vor: «Los, komm!»

«Pst!»

«Stell dich nicht so an und komm.»

«Was soll das?»

Ich zerrte an ihrem Arm, damit sie endlich aufstand.
Schließlich gab sie es auf und folgte mir nach draußen.

«Sie sind seine Mutter ...»

«Genau.»

«Signora, ich tu das nur für Ihren Sohn. Er verhält sich wie ein Weib, sehen Sie das denn nicht?»

«Na und? Denkst du, du kannst so mit ihm umspringen, nur weil er an seinen Haaren herumzupft?»

«Er zupft sich sogar die Augenbrauen.»

«Und wenn er sich die Arschhaare zupft ... Du rührst ihn nicht an, nie wieder, hörst du?»

«So lasse ich nicht mit mir reden!»

Ich drückte sie mit dem Rücken gegen die Mauer.

«Wenn du mit Tonino ein Problem hast, dann kommst du gefälligst zu mir, ist das klar? Er hat zwar keinen Vater mehr, der ist nämlich tot, aber eine Mutter hat er sehr wohl noch!»

Ich krallte meine Fingernägel in ihr Gewand, sie zitterte.

«Ich bin nämlich noch am Leben! Siehst du das, siehst du, dass ich noch am Leben bin?»

Wir gingen eine *frittata* essen, dann weiter Richtung Bahnhof, obwohl es noch viel zu früh war. Ich hatte völlig vergessen, wie schön die Piazza Garibaldi ist, mit dem Kebab an der Ecke gleich neben der Apotheke und den ganzen Ständen rund um die *Duchesca*.

Wir liefen an den Banken vorbei, Tonino kaufte sich eine Sonnenbrille und ich Stiefel mit einem 100er-Absatz, die ich aber in der Tüte ließ: «Die zieh ich erst an, wenn ich wieder draußen bin.»

Dann machten wir uns Richtung Piazza Nolana auf, ich wollte unbedingt das Meer sehen – oder einfach den Hafen, egal –, kamen allerdings nur bis zur Chiesa del Carmine, der

Bürgersteig war so vollgestopft mit Verkaufsständen, dass man sich richtig durchkämpfen musste. Der Fischmarkt war gerade am Schließen, und die Verkäufer spritzten die Straße mit einem Schlauch ab. Das Wasser lief unter der Porta Nolana durch, ich holte tief Luft und sagte: «Toni, verrate deiner Mama doch mal, ob du wirklich schwul bist.»

Als ich nur noch wenige Wochen absitzen musste, wurde dieses Rasen, das ich in mir hatte, nicht langsamer, sondern schneller. Ich saß da, gegen die hinterste Ecke der Zelle gedrückt, und starrte auf die Tür, als hätte ich noch nie im Leben eine Tür gesehen und wüsste gar nicht, was ich damit machen sollte. Es waren schreckliche Tage, Tage der Angst, ich ging nicht mal zur Genossenschaft, auch nicht, wenn ich eine Stunde Freigang hatte.

Na ja, und irgendwann kam ich dann ja raus.

Bei der 325 geh ich rein, Via Toledo 325.

Zwischen dem Majolikawappen und dem aluminiumbeschichteten Fahrstuhl ist die Pförtnerloge. Eine Frau sitzt drin. Ich sehe mich um, sie hebt den Kopf und mustert mich, soll sie doch!

Dann kommt ein Mann herein, auch er schaut sich um.

«Wen suchen Sie?»

«Herrn Nucifero, den Anwalt.»

«Zweiter Stock, links.»

Der Mann geht, sie kommt heraus, wir stehen uns gegenüber. Jetzt, wie sie so vor mir steht, bemerke ich, dass sie irgendwie Roberto ähnlich sieht, könnte an den Gesichtszügen liegen. Ich krame die zusammengefaltete Postkarte aus meiner Tasche und zeige sie ihr.

Sie nimmt sie und liest das Einzige, was darauf zu lesen ist: *Casa circondariale ... Anstalt.* Dann holt sie einen Eimer aus der Pförtnerloge.

«Kommen Sie.»

Über die Kellertreppe gelangen wir in ein paar enge Hinterhöfe, wir durchqueren den großen Innenhof in Richtung Quartieri Spagnoli. Je weiter wir uns von der Hauptstraße entfernen, desto finsterer und rußiger werden die Häuser. Elektrische Leitungen begleiten uns wie ein Geländer, als wir wieder eine Treppe hinuntersteigen. Die Signora macht mich auf die Spuren im Tuffstein aufmerksam.

«Während der Bombardierungen sind wir immer hierher geflohen.»

«Wie alt waren Sie da?»

«Vier.»

«Und daran können Sie sich noch erinnern?»

«Signora, meine ganzen Erinnerungen beginnen genau hier.» Nach vier, fünf Treppen ist selbst das Neonlicht zu schwach, ich spüre die Feuchtigkeit in meinen Knochen, und das im Sommer! Wir laufen noch ein Stück geradeaus, vermutlich Richtung Quartieri Spagnoli, Richtung Hügel.

«Geht's hier zum Corso?»

«Nein, wir haben nur die Straße überquert. Wir sind jetzt bei der 121, bei der *Banca Intesa*.»

Der Gang endet an einer Mauer. Die Pförtnerin winkt der Mauer zu, ich drehe mich um, höre ein Summen, dann sehe auch ich die Videokamera. Das Objektiv dreht sich, damit wir schärfer zu sehen sind. Die Signora redet jetzt schnell, sie jammert, weil sie doch drei Söhne hat und der Wäschekorb im Bad immer gestopft voll ist, obwohl sie dreimal am

Tag wäscht, aber wenn die erst mal aus dem Haus sind, dann werden sie schon sehen, was für eine Verschwendung das ist. In der Zwischenzeit belädt sie mich mit einem Gartenschlauch und einem Besen. Sie wirft ein paar Putzlappen in den Eimer und nimmt eine Packung Waschmittel, *Ava*. Als wir gehen, bewegt sich die Kamera. Bevor wir um die Ecke biegen, dreht sich die Signora noch einmal um und lächelt in die Kamera.

«Das hier ist der sicherste Ort, den ich kenne. Seit ich vier bin, fühle ich mich hier wie im Bauch meiner Mutter. Deshalb habe ich es auch hier versteckt.»

«Und die Kamera?»

«Früher war hier auf der anderen Straßenseite doch die *Motta*-Bar, kennen Sie die noch?»

«Natürlich.»

«Damals konnte man die Via Toledo nicht einfach so überqueren, man musste hier runter, durch die Unterführung und kam dann beim Haus gegenüber wieder raus. Als die Bank kam, haben sie die Unterführung mit einer Eisentür versperrt und dann die Mauer hier hochgezogen. Aber anscheinend haben sie immer noch Angst. Die wissen ganz genau, dass jederzeit Diebe einbrechen könnten, von wo auch immer, deshalb haben sie auch noch die Kamera hier aufgestellt. Mich kennen sie ja, weil hier ein paar Sachen von mir liegen. Aber wehe, hier taucht mal jemand ohne mich auf – keine Minute, und die Polizei wäre da. Deshalb hab ich's hierher gebracht, hier ist es sicher.»

Ich schaue auf die *Ava*-Packung, sieht ziemlich hässlich aus, als wäre tatsächlich altes Waschpulver drin, so aufgequollen wie die ist. Vielleicht kann die Pförtnerin ja Gedanken lesen und sagt bloß nichts.

Als wir wieder bei der Pförtnerloge sind, steht der Junge aus der Bar mit zwei Tassen Kaffee da.

«Von wem ist der?»

«Von Pino, dem Wachdienst.»

«Ah, vielen Dank.»

Ich rühre in meiner Tasse, im Eimer liegt noch immer die Packung unter den Putzlappen, ich stiere darauf, ich stiere und stiere, nehme sie aber nicht heraus. Die Pförtnerin muss sie mir schon selber geben. Sie trinkt ihren Kaffee, dann drückt sie mir endlich die Packung in die Hand.

Ich nehme sie, wie ich im Gefängnis die Post entgegengenommen habe, wie ich nachts Tonino immer genommen habe, um ihn zu stillen, ich nehme sie wie etwas, das von einem anderen Stern kommt, und jetzt für mich bereitliegt.

«Was ist da drin?»

«Wertpapiere, zwanzig Scheine zu je fünfzehn Millionen Lire.»

Ich kratze etwas Pulver von der aufgequollenen Packung, und *Calimero*, das Küken, kommt zum Vorschein.

«Seit wann haben Sie die schon?»

«Mein Bruder hat sie mir vor vier Jahren gegeben, als er heiratete. In der neuen Wohnung war es ihm nicht mehr sicher genug, mit ‹fremden Leuten›, auch wenn es seine Frau ist … Davor hatte er sie jedenfalls bei sich.»

«Wie geht es ihm?»

«Ganz gut.»

«Und Sie haben sie die ganze Zeit für Ihren Bruder aufbewahrt?»

«Nein, Signora, ich habe sie für Sie aufbewahrt. Um mich bei Ihnen zu bedanken.»

«Wofür?»

«Weil Sie nicht ja gesagt haben. Weil Sie ihn nicht geheiratet haben.»

Sie packt den Karton in eine Plastiktüte, dann gehen wir
raus. Die Pförtnerin schaut zur dicken Panzerglasscheibe
der *Banca Intesa* und winkt, danke, der Kaffee war gut.
Tonino wartet am *Onyx*-Laden an der Ecke mit dem Mofa auf
mich. Er hat blaue Augen. Die Pförtnerin schaut mich an,
sie schaut ihn an und sagt: «Groß ist er geworden.»

Ohne ihr zu antworten, fahren wir los, auf dem Bürgersteig, weil sie immer noch an der U-Bahn bauen und die
Straße gesperrt ist. Wir fahren langsam, ohne jede Hast,
ganz leicht streifen wir die Seidenstoffe an den Verkaufsständen der Chinesen.

Vor dem Schaufenster der Apotheke bleibe ich stehen. Ich
brauche eine Creme, die man nach der Haarentfernung aufträgt, eine Art Öl zum Einmassieren, nicht zu flüssig. Meine
Kunden erwarten hochwertige Produkte, dieses ganze über-
flüssige Zeug, da will ich nicht an der falschen Stelle spa-
ren.

Dann sehe ich mein Spiegelbild im Schaufenster mit
den Kinderrasseln von *Chicco*, in der Via Marina, zwischen
den Bäumen und dem Loreto-Krankenhaus. Die Bilder über-
lagern sich, sie erdrücken mich.

Auch Mario hatte das näher kommende Mofa gehört, er
hatte früher als Roberto den Schmerz herausgehört, und
vor allem hatte er ihn besser gehört – zu oft schon war er als
Bote unterwegs gewesen, so wie jetzt. Er wusste, sie suchten
Koks, nichts anderes. Sie konnten ja nicht ahnen, dass der
Verkaufserlös von einem Wochenende Capisante wieder in

die Hände fallen würde, in Form von Wertpapieren, einge-
löst in acht verschiedenen Postfilialen der Stadt. Und Mario
hätte sie ihm ja auch gebracht, aber sie haben ihn nicht
gelassen.

Er hatte gehört, wie sich das Mofa dem letzten Baum
näherte, hatte die Tüte zwischen Stamm und Mauer fallen
lassen, vielleicht wollte er sie ja wieder holen, sobald die
Typen wieder weg wären. In einer Stadt, die im Müll erstickt,
fällt eine Tüte nicht weiter auf. Er war davon ausgegangen,
dass sie einen Profi schicken würden, Luigi oder Peppino,
der weiß genau, was er wann sagen muss, und vor allem,
wo man zustechen muss. So war Mario relativ gelassen über
die Bordsteinkante gegangen, vielleicht hatte sich nicht mal
sein Rücken verkrampft, wie meiner jetzt.

Und während sie Mario niederstachen, hatte Roberto die
Tüte aufgehoben. Er hatte sich auf den Boden gesetzt, die
Tüte versteckt und sich von dem Schock erholt. Erst auf der
Krankenhaustoilette hatte er seinen Schatz entdeckt – sein
Risiko, seine Verantwortung, seine Unehrlichkeit, seine Ehr-
lichkeit, seine Zweifel, seine Unentschlossenheit. Und plötz-
lich hatte er Tonino im Arm.

Hätte er mir die Wertpapiere gleich gegeben, wäre ich vielleicht nie im Knast gelandet, oder ich wäre schon viel früher
da gelandet, schon möglich. Wahrscheinlich dachte er, ich
würde ihm mein Jawort geben, und so hätte er sie als Kapi-
tal in die Ehe mitgebracht, vielleicht wollte er sie auch nur
aus Angst nicht einlösen. Oder er wollte erst mal Gras über
die Sache wachsen lassen und dann weitersehen, was er
damit machen sollte. Der Boss wiederum dachte, die Typen
auf dem Mofa hätten sich die Tüte geschnappt, als sie Mario

überfielen, deshalb hat er die Scheine nie bei mir gesucht. Ich wusste ja sowieso von nichts, und so hat im Endeffekt keiner nach ihnen gesucht. Und außerdem, einem Boss dieses Kalibers reicht der Erlös eines Wochenendes gerade mal für ein paar Edelfliesen in seiner neuen Villa oder für eine Klobrille von *Versace*, mehr ist sowieso nicht drin. Er kann ja nicht ahnen, dass ich mit seinem Heroin jetzt Gesichtsmasken kaufe, die mit Honig, mit denen stellt sich Tonino viel geschickter an als ich, mit diesen Masken.

Vor mir versucht ein alter Mann den Apotheker zu überreden, dass er ihm ein paar Tabletten rausrückt. Ich kenne sie, im Gefängnis habe ich die gleiche Kur gemacht. Er meint, er findet das Rezept nicht mehr, aber er hatte eins, ganz bestimmt. Ich sage zu dem Apotheker, er soll ihm die Pillen geben und basta, ich sage, er soll sich nicht so scheißverantwortlich fühlen und lieber dem alten Herrn ein paar Stunden Schlaf gönnen, und überhaupt, Leute wie ihn schickt man an die Uni, da büffeln sie dann wie verrückt, aber im Grunde wissen sie gar nichts! Meine Psychologin, die hatte im Endeffekt ja auch nicht recht gehabt, weil wenn dich die Angst nach Ewigkeiten endlich in Ruhe lässt, dann merkst du das sehr wohl! Das ist dann, wie wenn du deine Stöckelschuhe ausziehst und in Pantoffeln schlüpfst. Die Füße nehmen langsam wieder ihre Form an, die Knöchel erholen sich. Irgendwann schlurfst du wieder über den Fußboden, du ziehst den Bauch nicht mehr ein, und du weißt genau, so wie du rumläufst, würde dich kein Mensch beachten. Du weißt auch, so kommst du nicht weit, aber eigentlich willst du ja genau da bleiben, wo du bist.

Siddharta

Ferdinando meint, er hat noch nie einen Fotograveur mit so langen Fingernägeln gesehen.

«Du hast schon wieder das teure Papier zerkratzt, ausgerechnet die *carta mozzarella* ... war ja klar, bei den Nägeln! Und so was nennt sich Graveur.»

«Was hat das damit zu tun, Ferdinà, dein Papier ist einfach nur beschissen!»

«Ach, jetzt liegt es also am Papier. Du weißt genau, dass ich gerade beim Papier nicht spare. Was sollen überhaupt diese langen Nägel, machst wohl einen auf reich! Jetzt schmeiß es schon weg und mach's neu.»

Ich mach's also neu, aber die Nägel werde ich mir sicher nicht schneiden, niemals. Und dann auch noch an der linken Hand! Wo ich doch absoluter Linkshänder bin, auch beim Gitarrespielen. Ich habe immer alles mit der linken Hand gemacht: geschrieben, das Messer gehalten, die Fingerübungen auf der Gitarre. Es gab nicht einen Lehrer, der nicht gesagt hätte, ich solle mit der anderen Hand schreiben: «Schau mal, wie hässlich deine Schrift ist.» Und ausgerechnet ich bin jetzt Fotograveur, was im Grunde egal ist, hier wird sowieso alles am Computer gemacht. Trotzdem bin ich auch beim Tippen links immer noch schneller als rechts.

Meine Großtante übertrieb's völlig mit ihren Tischmanieren, und meine Schwester und ich waren die Leidtragenden. Nach dem Essen hatte sie uns mal innerhalb weniger Minuten erklärt, wie man Messer und Gabel richtig hält. Ich wurde fast wahnsinnig, beim Obstschälen blieb vom eigentlichen Obst nichts mehr übrig, und meine Großtante wandte sich resigniert ab und ging zu meiner Mutter.

«Irgendwas hast du falsch gemacht bei diesen Gören.»

«Lass sie doch, Tante, es sind doch noch Kinder! Hauptsache, sie essen.»

«Das sehe ich ganz und gar nicht so. Eines Tages werden sie mit fremden Leuten an einem Tisch sitzen, und die achten dann sicher nicht darauf, dass sie auch schön aufessen.»

«Aber auch nicht darauf, wie sie essen.»

«Und ob! Das sieht man doch sofort, ob einer gute Manieren hat oder nicht.»

«Mit wem, bitte schön, sollten meine Kinder schon groß essen gehen? Mit dem Botschafter vielleicht?»

«Wer weiß ...»

Meine Schwester gab ihr Bestes. Die Ausbeute war zwar nicht sehr groß, aber das, was sie ergattern konnte, führte sie feierlich zum Mund. Irgendwann konnte sie so perfekt Spaghetti auf ihre Gabel aufwickeln, dass keine einzige Nudel herunterhing. Ich war da anders: Sobald meine Großtante weg war, schnappte ich mir eine Birne und aß sie auf, mit Schale und allem Drum und Dran.

Meine Mutter hat nie etwas gesagt, weil ich Linkshänder war, und an meinen Fingernägeln hatte sie auch nichts auszusetzen. Außerdem war sie es, die das Konservatorium bezahlte und nach der Prüfung eine zusätzliche Portion *sanguinaccio* für die Nachbarn machte, weil ich sie ganze Nachmittage mit den immer gleichen Übungen terrorisiert hatte.

Eines Tages rief ein Lehrer bei meiner Mutter an; ich ging damals auf die Fachoberschule, auf den technischen Zweig: «Signora, ihr Sohn lässt ziemlich nach, wenn das so weitergeht, können wir ihn nicht zur Prüfung zulassen.»

Das war Anfang des zweiten Halbjahrs.

«Ihr Sohn macht zu viele Sachen nebenher, Signora, er muss sich entscheiden.»

Und meine Mutter musste entscheiden, ob sie mit mir reden sollte oder nicht. Als sie nach Hause kam, übte ich gerade ein Stück von Bach, das heißt, ich hatte gerade aufgehört, weil meine Hände schon ganz schwielig waren. «Wenn die Saiten andersrum aufgespannt sind, spielt sich's nicht so leicht», sagten sie am Konservatorium immer, aber ich kriegte es perfekt hin, und so siegte im Endeffekt meine linke Hand. Ich ließ meine Finger auf den Saiten hoch- und runtergleiten und entspannte mich auch noch dabei.

«Matteo, dein Lehrer meint, du lässt ziemlich nach in der Schule.»

«Der Italienischlehrer?»

«Genau, der Italienischlehrer, aber der Biolehrer auch. Sie meinen, sie können dich nicht zur Prüfung zulassen.»

«Dann müsste aber die halbe Klasse durchfallen.»

«Jetzt hör mir mal gut zu, ich weiß ja, dass du wegen deiner Prüfung am Konservatorium viel üben musstest, aber ab sofort wirst du lernen, lernen und nochmal lernen, sonst schaffst du's nicht.»

«Ich werd mich reinhängen.»

«Das Schlimmste hast du ja jetzt hinter dir, jetzt kann's nur noch besser werden. Warum nimmst du dir bis zum Abitur nicht eine kleine Auszeit und meldest dich erst im September wieder am Konservatorium an. Du hast doch nichts zu verlieren. Aber ohne Abitur in der Tasche kommt man heutzutage nicht weit.»

Bei den Prüfungen gaben mir die Lehrer ein Ausreichend, mit meinen 42 Punkten hatte ich also bestanden. Aber ich werde ihnen nie verzeihen, dass sie meine Mutter gezwungen hatten, mich mit diesem Blick anzusehen, wie jemand, der einem nicht in die Augen sehen kann, es aber tun muss.

Seitdem habe ich keine Gitarre mehr angerührt. Das war vor sieben Jahren, und jetzt werde ich sicher nicht wieder anfangen, wo ich doch von acht Uhr morgens bis sechs Uhr abends hier in der Druckerei sitze, und meine Nägel, die werd ich mir auch nicht abschneiden! Ich bin mir sicher, wenn ich jetzt eine Gitarre in der Hand hätte, würde sich das immer noch ganz gut anhören, aber leider brauche ich die Fingerbeweglichkeit ja nur für die Druckplatten.

Ich mache den Bogen also nochmal, den mit der *carta mozzarella*, und gebe ihn Guglielmo, damit er drucken kann: «Mach die goldenen Herzchen vorn auf die Karte», sage ich.

Um ein Uhr wollen sie die Hochzeitseinladungen abholen. Wir spannen das Packpapier auf den großen Tisch in der Mitte, aber es ist hart und rutscht, sodass Guglielmo es an den Ecken mit vier *Anne-Frank*-Büchern fixiert. Dann packt jeder sein Mittagessen aus. Ich versinke förmlich in meiner *Pizza di Scarole* und hebe auch dann nicht den Kopf, wenn ich auf irgendetwas antworten soll – um diese Uhrzeit reden die sowieso nur Müll, weil sie es genießen, dass Ferdinando zu Hause isst. «Wenn wir so viel zu tun haben, sollten wir es lieber so machen wie mein Cousin aus Brescia. Der macht immer ein *zweites Frühstück*.»

«Und das wäre? Ein dick belegtes Sandwich?»

«Nein, beim *zweiten Frühstück* essen sie einen Joghurt und ein Stück Pizza und dann erst abends wieder.»

Wir hören zwar zu, was Michele da so von sich gibt, wollen ihm aber nicht so recht glauben; dick und fett sitzt er vor uns, den Mund vollgestopft mit Würstchen und gebratenem Grünkohl, den ihm seine Frau morgens um sechs immer kocht, obwohl sich ihr dabei der Magen fast umdreht; Rosetta ist nämlich schwanger, und der widerliche Gestank von Frittieröl in aller Frühe hängt ihr dann den ganzen Tag in der Nase, die Ärmste!

«Was heißt denn hier, *wenn wir viel zu tun haben*, so ein Blödsinn! Gib's ruhig zu, deine Frau will dir nur nichts mehr kochen, und jetzt kommst du mit deinem dämlichen Cousin aus Brescia an!»

«Nein ehrlich, morgen wird's echt stressig. Die *Fabriano*-Bögen sind alles andere als spaßig! Bis morgen müssen sie fertig sein und auch gleich ausgeliefert werden, keine Minute dürfen die rumliegen.»

«Ferdinando meinte, er bringt morgen seine Frau und seine Tochter mit, und wenn wir uns richtig reinhängen, schaffen wir's an einem Tag.»

«Na hoffentlich.»

«Warum machst du dir denn solche Sorgen?»

«Die *Fabriano* sind viel heikler als Bücher, weil die nicht an die Verkaufsstände gehen, sondern direkt in die Geschäfte, und da liegen sie dann neben den echten.»

«Na und?»

«Da mache ich mir eben Sorgen.»

«Michè, ich glaube eher, du schiebst immer noch Panik ...»

Seit acht Monaten schiebt Michele jetzt schon Panik. Seit Ferdinando mit einer Eilpost-Marke ankam und zu mir sagte: «Mach dafür eine Druckplatte.»

Ich hatte ihm eine gemacht. Damit war er zu Guglielmo gegangen, der gerade Flyer für die Pizzeria gegenüber druckte – die wollten einen Lieferservice aufziehen –, und hatte einfach die Maschine abgestellt, ohne einen Ton zu sagen.

Dann hatte er ihm die Druckplatte und die Original-marke in die Hand gedrückt: «Mach davon viertausend, achtzig pro Bogen.»

Guglielmo hatte die Druckplatte genau inspiziert, sogar gegen das Licht gehalten, ihn ernst angesehen und gesagt: «Don Ferdinà, das geht nicht!»

«Und warum nicht?»

«Ich hab Schiss. Sind ja schließlich keine *Anne Frank*!» Ferdinando hatte gelächelt und väterlich seinen Arm gedrückt: «Guglié, auf meine Verantwortung.»

«Ferdinando, wenn der Postminister zu mir sagen würde, *auf meine Verantwortung*, würde ich sie drucken ...»

Also war Ferdinando zu Michele gegangen und hatte ihm Geld angeboten.

Aber ein paar Tage zuvor, als Michele abends nach Hause gekommen war, da hatte Rosetta ihn zur Seite genommen und gesagt: «Amore, wir kriegen ein Kind», und weil Michele dieses *wir* echt wichtig war und er die ganze Nacht nicht schlafen konnte und immer daran denken musste, während Rosetta seelenruhig neben ihm schlief, hatte Michele ihm an jenem Dienstagnachmittag nur sehr zögerlich geantwortet: «Okay, Ferdinando, ich mach's, aber erst nach Feierabend und wenn der Laden dicht ist.»

Dann hatte er Rosetta angerufen, die blöde Eilpost-Marke noch immer in der Hand: «Könnte heute etwas später werden.» Rosetta muss wohl enttäuscht gewesen sein, aber Michele hatte ihr ja unmöglich alles erklären können.

Kaum waren wir weg, fingen Michele und Ferdinando mit dem Drucken an, und sie waren auch schon fast fertig, als ein Fahnder der Finanzbehörde gegen den Rollladen trommelte und ein anderer über den Garten zur Hintertür hereinkam, die ließen wir nämlich immer offen, damit sich der Gestank nach dem Reinigen der Druckrollen verflüchtigte.

Ein Kioskbetreiber war anscheinend sauer, weil man ihn übergangen hatte, und so hatte er einen anonymen Anruf gestartet und gesagt: «Eine Druckerei, bei den Reihenhäusern in San Rocco.» Die Fahnder waren die Straße rauf- und runtergefahren, immer die Reihenhäuser entlang, bis sie schließlich vor unserem Laden standen.

Michele hatte Glück, er war gerade hinten und telefonierte mit Rosetta, die war sich nämlich plötzlich ganz sicher, dass es ein Sohn werden wird, und das musste sie dann natürlich gleich Michele sagen. Ferdinando dagegen hatte Pech, ihn erwischten sie in flagranti mit den Eilpost-Marken in der Hand. Er wurde gleich an Ort und Stelle verhaftet.

Ferdinando hatte mir aus Poggioreale einen Brief

geschrieben, der so anfing, von wegen wir seien doch eine Familie, und er würde mich lieben wie einen Sohn, und überhaupt, von all seinen Söhnen sei ich der Einzige, der in der Lage sei, einen vernünftigen Satz zu bilden. Er bat mich, mit einem Anwalt zu sprechen, und schrieb auch noch mehr, in verschlüsselter Form, aber ich wusste schon, was er von mir wollte: Die gefälschten Bücher mussten so schnell wie möglich verschwinden. Ich war ganz und gar nicht erfreut über diesen Brief, noch nie hatte ich einen Brief aus dem Gefängnis bekommen. Die ganze Nacht über sprach ich mit meiner Schwester darüber, und wir beschlossen, *mamma* nichts zu sagen.

Das Gefängnis bekam Ferdinando überhaupt nicht gut, er wurde halb magersüchtig, und so schickten sie ihn wieder nach Hause, auf Bewährung. Aber auch da wurde es mit seinen Depressionen nicht besser. Die gesamte Verwandtschaft nahm ihm das äußerst übel; ein Familienoberhaupt, das die ganze Zeit nur im Schlafanzug auf dem Sofa abhing, verdarb ihnen den Spaß an den sonntäglichen Mittagessen. An Weihnachten, als er das Tischgebet sprechen sollte, war ihm *gerade nicht danach.*

«Madonna, Ferdinà», schimpfte seine Frau, «reiß dich mal zusammen! Wär ja auch langsam an der Zeit, nach über zwei Monaten ...»

«Echt, Papa, so geht das jetzt schon, seit du wieder hier bist!»

«Mann, Opa, bin ja gespannt, wann sie dich wieder einlochen», sagte seine Enkelin.

Wirklich gefährliche Dinger haben sie seitdem in der Druckerei nicht mehr gedreht.

Um sieben steige ich auf meine *Califfo*, setze Michele an der U-Bahn ab und fahre über den Frullone nach Hause.

Meine Schwester ist in ihre Bücher vergraben, *mamma* ist im Bad. Ich klopfe an die Tür, damit sie mitbekommt, dass ich wieder da bin, kurz darauf höre ich die Klospülung – sie hat wieder heimlich geraucht. Wenn sie hört, dass ich oder Daniela vor der Tür stehen, hält sie schnell die Zigarette unter den Wasserhahn, wickelt sie in Klopapier und zieht die Spülung. Dann wartet sie ein paar Minuten, putzt sich bei geöffnetem Fenster die Zähne, und wenn's bei uns wirklich dringend ist, sprüht sie das erstbeste Parfüm auf die Vorhänge.

«Hi ...», sagt sie. – «Hi», sage ich.

«In einer halben Stunde gibt's Essen.»

Ich gehe auf mein Zimmer, komme mit frischen Klamotten unterm Arm wieder raus und freue mich auf eine schöne Dusche, weil ich fürchterlich nach Benzin stinke; damit reinigen wir nach dem Drucken immer die Rollen. Dafür stinkt es im Bad jetzt nach Rauch und Moschus.

«Ruf mal Daniela, wir essen», brüllt *mamma* in unsere Siebzig-Quadratmeter-Wohnung hinein, was Daniela mindestens genauso gut hören kann wie ich. Aber sie ist ja im Prüfungsstress und will nicht gestört werden.

«Daniela, wir essen», brülle ich in derselben Lautstärke wie *mamma* vorher.

Daniela erscheint in ihrem Schlafanzug, in dem sie schon seit drei Tagen herumläuft, Socken und einem Haarreif, den ich ihr in den achtziger Jahren mal geschenkt habe. Sie schafft es gerade noch, irgend so was Ähnliches wie *Ciao* zu murmeln, und schiebt mir einen Zettel hin. «Vielleicht kannst du mir das ja besorgen», sagt sie.

Auf dem Zettel steht: *Storia del Regno di Napoli* von Bene-
detto Croce.

Ich schüttle den Kopf. Über Neapel haben wir tausend
Sachen: *Sprichwörter Neapels, Das große Wörterbuch Neapolita-
nisch–Italienisch* und *Die Neapolitanische Küche* von Caròla Fran-
cesconi, das meine Mutter als Untersetzer benutzt, was aber
egal ist, sie kocht sowieso immer das Gleiche.

«Warum macht ihr eigentlich keine Bücher mehr für die
Uni?»

«Mama, wir haben noch nie Bücher für die Uni gemacht,
wir machen nur die, die sich gut verkaufen.»

Meine Mutter hatte das damals missverstanden, als
Daniela für die Prüfung lernte, italienische Literatur/ Teil 2,
und Pavese lesen musste, den ich ihr besorgt hatte. Wir hatten damals nicht nur ein Original-Exemplar von *Junger Mond*,
sondern auch noch das gleiche Papier, auf dem auch *Einaudi*
seine Exemplare druckte, vom selben Lieferanten! Das Buch
war damals ein Renner, aber wir machten es sicher nicht
für die Uni, wie meine Mutter erst dachte.

Ferdinando kann von meinen Fingernägeln halten, was
er will, Tatsache ist, dass wir mit dem original und gutem
Papier so perfekte Bücher fabriziert haben, dass die für die
Verkaufsstände eigentlich viel zu schade waren; die hätte
man sogar Pavese in die Hand drücken können, und ihm
wäre nichts aufgefallen. Jedenfalls hat Daniela damit für
ihre Prüfung gelernt und auch noch mit Bestnote bestanden.
So was kam noch öfter vor, einmal mit Büchern von *Newton
& Compton*, da durfte ich meiner Schwester auch eins aus der
Druckerei mitnehmen – zum einen, weil Ferdinando mich
ganz gut leiden kann, zum anderen will er mir vielleicht
'nen Gefallen tun, weil ich nicht offiziell bei ihm angestellt

bin, und so sagt er immer: «Mattè, nimm, was du brauchst, dann tut deine Schwester wenigstens was für die Uni.»

Mamma gibt sich jedenfalls nicht so leicht geschlagen: «Warum, verkauft sich *Storia del Regno di Napoli* etwa nicht gut?»

«Keine Ahnung, aber sie wollen immer nur solche, die extrem gut laufen. Was zum Beispiel immer geht, ist *Das Tagebuch der Anne Frank*, *Siddharta* oder *Der Fänger im Roggen*.»

«Die habe ich alle schon gelesen.»

«Ich weiß.»

«Bei einem fehlten mal zehn Seiten in der Mitte, ich weiß nicht mehr, bei welchem.»

«Das war Guglielmo. Wenn ein paar Seiten fehlen, geht das auf Guglielmos Konto, Michele passiert so was nicht, er ist sehr gewissenhaft.»

«Wie geht's seiner Frau?»

«Glaub ganz gut.»

«In welchem Monat ist sie denn?»

«Immer noch im achten, Mama, genau wie vor zwei Tagen, als du mich dasselbe gefragt hast.»

«Was hast du denn? Bist du nervös?»

Daniela erwacht endlich aus ihrem Koma und eilt mir zu Hilfe: «Mama, er ist einfach nur müde.»

«Bist du müde?»

«Heute Morgen habe ich an Hochzeitskarten gearbeitet und nachmittags an einem Sterbebild; sie wollten das Foto des Verstorbenen im Vordergrund und schräg dahinter Padre Pio, etwas blasser gedruckt; außerdem mussten wir heute mit den offiziellen Aufträgen fertig werden, weil morgen die *Fabriano* dran sind – reicht das?»

Mamma fängt an, den Tisch abzuräumen, Daniela zerrt mich auf den Balkon. Vorher löscht sie noch das Licht.

«Rauch doch 'ne Zigarette und lass mich mal ziehen.» Ich gebe sie ihr.

«Wann ist deine Prüfung?»

«Übermorgen. Ich muss die ganze Nacht durchlernen.»

«Aber danach kriegst du dich wieder ein.»

«Klar krieg ich mich danach wieder ein.»

Erst mal kriegt sie gleich noch 'ne Zigarette, das heißt, sie nimmt sich einfach eine, für später. Daniela raucht nämlich auch heimlich, auf dem Balkon. Wenn meine Mutter zum Einkaufen geht oder bei der Nachbarin einen Kaffee trinkt, lässt sie die Tür offen, damit sie hört, wenn *mamma* wiederkommt. Sie steht da, gegen die Wand gepresst wie eine Eidechse, und raucht. Die Asche landet im Blumentopf, die Kippe wirft sie einfach runter.

Mamma weiß Bescheid, so wie Daniela auch weiß, dass *mamma* heimlich im Bad raucht, aber keine der beiden möchte die andere enttäuschen.

Gerade als ich ins Bett will, nimmt meine Mutter mich zur Seite und meint: «Hör mal ...»

«Was ist?»

«Wann hat deine Schwester ihre Prüfung?»

«Weiß nicht.»

In aller Frühe sitzt die komplette Familie schon da und leistet Fließbandarbeit. Ferdinandos Tochter legt die Bögen in die Schneidemaschine ein, seine Frau klebt die Fotoecken auf, und seine Enkelin füllt die Alben mit den Papierbögen; statt zehn sollen nur neun in jedes Fotoalbum. Ferdinando ist völlig durch den Wind, mit ausgestreckten Armen holt er die A1-Bögen aus dem Karton, als würde er ein Laken zusammenlegen, er riecht daran, und ich darf sogar eine kleine Ecke berühren: «Schau mal, Mattè, wie schön sie sind.»

Sie sind wirklich schön. Sie kommen direkt aus der Papierfabrik in Fabriano, mit hübsch ausgefranstem Rand, wie gutes Leinen für eine Aussteuer. Bevor sie zu uns kamen, waren sie auch noch bei Peppe lo Scalzo, der ein «F» eingeprägt hat.

Wenn wir so weitermachen, sind wir mittags fertig, und tatsächlich holt um Punkt zwei Ferdinandos Frau vier *Frittate di maccheroni* aus ihrer Tasche und sagt: «Ihr seid herzlich eingeladen.» Nach dem Essen räumen sie den Tisch ab, und weg sind sie. Zurückbleiben mal wieder nur wir Männer, einsam und verlassen, beim Verpacken der Ware.

Noch während wir die letzten Kisten packen, kommt schon der Lieferwagen, der sie ins Lager des Schreibwarengeschäfts fahren soll. Michele seufzt erleichtert auf, gleichzeitig klingelt sein Handy mit Rosettas Erkennungsmelodie. Er geht also ran, mit seinen sieben *Fabriano*-Kartons unterm Arm, und stolpert dabei über einen mit lauter *Anne Frank*.

«Verdammt, dass dieses Fräulein einem immer so blöd im Weg stehen muss ...»

Dann sehen wir, wie er knallrot anläuft und sich beim Reden immer mehr aufbläht, bis er wie ein zwei Meter großer Riese aussieht, überhaupt ist er ganz außer sich.

«Rosetta meint, die Wehen haben angefangen», ruft er und sieht uns fragend an. «Das ist doch nicht gefährlich, wenn man nach acht Monaten schon entbindet?»

Ferdinando, Guglielmo, ich und der LKW-Fahrer rufen im Chor: «Aber neeein», und schütteln heftigst den Kopf, obwohl wir keinen blassen Schimmer haben.

«Los, hau schon ab.» Netterweise schickt ihn Ferdinando also weg, während ich ihm hinterherrufe: «Kannst mein Mofa nehmen.»

Wir stürmen alle zur Tür und sehen diese wunderbare Szene mit dem LKW, der in Windeseile mit den *Fabriano*-Kisten hintendrauf losdüst, gefolgt von Michele, auch er düst in Windeseile los; auf meiner *Califfo* sieht er aus wie Hulk. Und noch während sie um die Ecke biegen, Richtung Frullone, kommen aus entgegengesetzter Richtung die Streifenwagen der Finanzbehörde angerauscht.

«Ich würde zu gerne wissen, wie dieser kleine Knirps es schafft, immer im richtigen Moment seinen Vater zu rufen», sagt Ferdinando.

Aber er macht keinen sonderlich besorgten Eindruck, er hat nichts zu verbergen, der Laden ist sauber, und als der Maresciallo «Durchsuchung» sagt, antworten wir gelassen mit einem breiten Grinsen.

Und tatsächlich sind die Papiere in Ordnung, allerdings arbeite ich hier schwarz, weil Ferdinando es noch immer nicht geschafft hat, mir einen Vertrag zu geben, aber der Maresciallo schaut mich nur an und meint: «Du bist bestimmt noch in der Probezeit.»

«Hm ...», sage ich.

«Hm», sagt er, «dann wollen wir mal die Geschäftspapiere überprüfen. In einer Stunde sind wir fertig und können alle nach Hause gehen. Aber bitte seid so nett und schaltet eure Handys aus.»

«Mist», sage ich, «ich wollte gerade meine Mutter anrufen und fragen, ob es gefährlich ist, wenn man schon nach acht Monaten entbindet.»

Der Maresciallo schaut mich verdutzt an, als hätte ich

gerade irgendeine verschlüsselte Nachricht losgelassen. Wir erklären ihm die Sache. Da kann er uns beruhigen, seine Frau hat auch schon nach acht Monaten entbunden, und der Sohn ist jetzt groß und stark, elf Jahre alt, ein richtig Hübscher, und vorgestern hat er sogar gelernt, wie man eine Dienstpistole lädt.

Na ja, jedenfalls sitzen wir da, rauchen, und irgendwie geht die Stunde dann auch vorbei. Ferdinando und der Maresciallo treten auf die Straße, sie zeigen zur U-Bahn und erinnern sich an den alten Bauernhof, der da mal stand.

Ich zieh einen *Siddharta* unterm Computer heraus und fange an zu lesen. Ein schönes Exemplar, alles exakt gedruckt, das Papier ist auch gut.

«Die Umschlagklappen fehlen», sagt Guglielmo.

«Kostet ja auch nur drei Euro.»

Zehn Minuten später – und zehn Runden Solitär später – kommt er wieder an: «Was machst du denn, liest du?»

«Hm.»

Auf Seite 38 wieder: «Wie ist es denn?»

«Geht so.»

«Was ist *Siddharta* eigentlich?»

«Der heißt so.»

Plötzlich werde ich so was von wütend: «Scheiße, Gugliè, da fehlen zehn Seiten.»

«Solange es nur bei dem einen ist ...»

«Nein, bei dem von meiner Mutter fehlen sie auch. Ich will ja nicht wissen, was du beim Arbeiten so treibst. Wie hoch war die Auflage?»

«Tausend.»

«Scheiße.»

«Ist doch egal, das Buch kapiert man trotzdem.»

«Von wegen! Man kapiert überhaupt nichts, der Typ spinnt, er macht ständig so komische Sachen, ständig wieder was anderes.»

«Jetzt hast du schon so viel gelesen ... wo bist du denn? Seite 78, siehst du, du bist auf Seite 78 und hast nichts kapiert?»

«Anscheinend bin ich für so was zu dumm.»

«Was ist denn bisher passiert?»

«Der Typ da ist in Indien – sein Vater ist irgend so ein reicher Fuzzi –, aber ihm geht's nicht gut.»

«Was hat er denn?»

«Keine Ahnung, er ist traurig, bricht alle Zelte ab und macht eine große Reise, mit einem Freund, da trifft er auf alle möglichen Gestalten, und mit der Zeit – ständig trifft er neue Leute – versucht er genau so zu werden wie die. Weiter bin ich noch nicht.»

«Und dann lernt er eine kennen ...»

«Der doch nicht!»

«Komm, lies, ich will wissen, wie's weitergeht.»

«Hab keine Lust mehr.»

«Ich glaube, er lernt eine kennen und zieht ein Geschäft auf.»

Ich haue ihm das Buch um die Ohren und gehe zur Tür: «Marescià, tun Sie mir den Gefallen und nehmen Sie ihn mit!»

«Hast du 'ne Zigarette?», fragt er im Gegenzug.

«Genau, jetzt rauchen wir erst mal eine.» Ich strecke ihm die Packung hin.

Er sieht auf meine Fingernägel.

«Spielst du Gitarre?»

«Hab aufgehört.»

«Und wann fängst du wieder an?», fragt er und gibt mir Streichhölzer.

Ich stecke mir also eine Zigarette an und merke, wie sich da etwas anbahnt, eine Idee will sich in meinem Kopf festsetzen, auch wenn sie im Moment nicht zur Debatte steht, sie stammt aus der Vergangenheit, oder aus der Zukunft.

Aber dass sie kommt, weiß ich genau, und so sage ich: «Bald.»

Der erfundene Freund

1.

In ihrer Handtasche vibrierte es dreimal. Marina wartete.

Lächelnd und wortlos entfernte sie sich von der Gruppe, lief ein paar Schritte an der Ostseite des Patio entlang und blieb bei der zweiten Säule stehen. Während sie das Handy aus der Tasche holte, sah sie, dass es langsam Nacht wurde, über dem Museum, über der Stadt, sie sah einen weißen Punkt, der sich im Fenster der Sala Farnese spiegelte, und spürte, Vespero und Ernestos SMS machten ihr Leben rund.

Als sie wieder bei den anderen war, meinten die, Biagio und Agnese seien gekommen, sie sehe ihr ja so ähnlich mit den kurzen Haaren, echt unglaublich. Marina ging sie suchen und sah schließlich Biagio, wie er bei dem *Schaf in Formaldehyd* versuchte, seine Tochter davon zu überzeugen, dass es sich um eine Skulptur handelte.

Als er Marina sah, lächelte er und signalisierte ihr verzweifelt, dass ihm langsam nichts mehr einfiele.

«Das ist kein Museum für moderne Kunst, das ist ein naturwissenschaftliches Museum.»

«Bei dem sich die Wissenschaftler in der Dosierung von Formaldehyd vertan haben ...»

Die Kleine stand wie hypnotisiert vor den sich langsam zersetzenden Objekten, sie war nicht einmal in der Lage, ihre Mutter zu begrüßen. Marina wies auf das gebannte Gesicht der Tochter und sagte zu ihrem Mann: «Sie ist aber nicht die Einzige ...»

«Und wer noch?»

«Der Künstler. Er hat erklärt: *Some of my creations are ‹silly› and ‹embarrassing›* ...»

Im Arm ihres Mannes, der sich perfekt an ihren Körper schmiegte, gingen sie zurück zur *Carcassa di cavallo*, und Marina erzählte Punkt für Punkt ihren Tagesablauf: Zunächst von der Arbeitslosen-Demo der *Forza Lavoro Disponibile*; dann von dem Mann, der dank der Gutmütigkeit des Museumswärters über den Personaleingang ins Museum gekommen war, hoch ins Magazin, vorbei an den verstaubten Ausgrabungsstücken, den Amphoren, Kapitellen, Schaukästen, vielleicht hatte er sogar etwas gestohlen, und wie er dann eins der Fenster geöffnet hatte, die immer geschlossen waren, und runter auf die Stadt geblickt hatte.

Und auf einem Mauersims stehend, der wie das Deck eines großen Schiffes aussah, hatte er gebrüllt: «GLEICH WERDE ICH SPRINGEN. ICH WILL EINE UMSCHULUNG – ODER ICH SPRINGE!»

«Agnese führt Selbstgespräche.»

«Sie führt keine Selbstgespräche», hatte Marina Donati mit ihrem blöden Doktortitel erklärt und dabei den Schmerz hinuntergeschluckt, den sie immer spürte, wenn sie jemandem, der ihr nichts bedeutete, einem Niemand, einem Kollegen, einem flüchtigen Bekannten gegenüber Erklärungen über Agneses Verhalten abgeben musste.

«Sie führt keine Selbstgespräche. Sie hat nur einen imaginären Freund.»

«Und wer soll das sein?»

«Sie hat ihn mir leider noch nicht vorgestellt …»

«Komm schon, du weißt genau, was ich meine. Ist es eine Comicfigur?»

«Nein, gar nicht, sie hat ihn richtiggehend erfunden. Er heißt Daniele.»

«Da hätte ich jetzt aber was Exotischeres erwartet … *Smutty*, so was in der Art.»

«Tja, er heißt aber leider nur *Daniele*.»

Marina beobachtete Agnese, wie sie völlig entspannt und selbstverständlich durch die Ausstellung lief – mit einer Selbstverständlichkeit, die so manchem Journalisten fehlte – und dabei lauthals alles kommentierte. Sie folgte ihrer Tochter in den Hof und erklärte ihr, dass es sich bei den Installationen um keine echten Tiere handelte.

«Mama sagt, die sind nicht echt», meinte Agnese zu ihrem imaginären Freund.

Die Vernissage wurde mit einem Abendessen im Salone della Meridiana abgerundet. Eine sehr exklusive Einladung für Galeristen, Künstler und einen Kulturreferenten, der die Vorstellung, in einer Trattoria zu speisen, unerträglich fand. Der Landrat war gleich vormittags wieder geflüchtet. Zuvor hatte er auf der Pressekonferenz lobende Worte über die zwei laufenden Ausstellungen in der Stadt gesprochen, sich so elegant über die vier dazwischenliegenden Jahrhunderte hinweggesetzt, ein Direktflug vom Ende des sechzehnten Jahrhunderts in die Jetztzeit – aber weil es keinen Dolmetscher gab, verstanden die Engländer kein Wort. Einerseits war Marina ziemlich genervt, andererseits genoss sie es, noch ein paar Stunden ihre rostrote, durchsichtige Bluse und ihre hochhackigen Schuhe anzubehalten, die eindeutig besser zum Hinaufschreiten dieser Prunktreppe passten als die Turnschuhe der Touristen mit ihren dicken Gummisohlen.

Biagio war mit der Kleinen nach Hause gegangen, und sie hatte ihnen einen Teil von sich mitgegeben, bevor sie wieder ganz von der Pressestelle vereinnahmt wurde, Dodi sich bei ihr einhakte und meinte, sie müsse sich unbedingt die neueröffnete Galerie anschauen, Anfang nächster Woche sei da ein deutscher Künstler, das dürfe sie sich auf keinen Fall entgehen lassen.

Genau wegen solcher Gespräche hätte Ernesto jetzt hier sein müssen, genau darüber musste er so schnell wie möglich informiert werden. Gleich nach dem *timballo di tagliolini* würde Marina aufstehen, noch vor den *tubetti vongole e cozze* – wenn Sie mich bitte kurz entschuldigen würden –, den halbdunklen Saal, den der Catering-Service ganz für sich beanspruchte, durchqueren, immer an der Sonnenuhr im Salone della Meridiana entlang, und schließlich die geöffnete Glasfront erreichen.

Und während der Scirocco die Landesflagge mit den Parolen von *Forza Lavoro Disponibile* verknäulte, würde sie ihn endlich anrufen und ordentlich ablästern können – und endlich angemessen auf jene SMS antworten, die jeder falsch verstanden hätte, nur sie nicht. Sie wusste, dieses *zu dumm, dass ich nicht dabei sein kann* kam von Ernestos Vorliebe fürs Lästern, von ihm, dem geborenen Waschweib, und dem besonderen Charakterzug, der ihn zur besten Pressestelle

des besten Museums für moderne Kunst Italiens machte –
und zu ihrem schwierigsten Freund!

«Du musst mir unbedingt alles erzählen.»

«Einen Dreck werd ich tun. Ich sag dir nicht mal, wer mit
mir am Tisch sitzt.»

«Das ist unfair. Warum nicht?»

«Komm nächstes Mal einfach.»

«Ich musste doch zu dieser bescheuerten Messe. Aber
nächste Woche komm ich mit, wir gehen zusammen hin.
Und ... wer sitzt jetzt neben dir?»

«Dodi.»

«Um Gottes willen ... dann doch lieber die Messe!»

«Die Engländer schaffen es immer wieder, mich vor den
Kopf zu stoßen.»

«Mich auch – aber geht's etwas konkreter?»

«Sie tragen so schwarze Jacketts, die ihnen drei Num-
mern zu klein sind, die Manschetten schauen zwanzig Zentimeter raus, dann diese Minikrawatten, noch schmaler als
ein Strick, trotzdem sind sie superelegant, das versteh ich
nicht.»

«Dafür tragen ihre Leute von der Pressestelle ja auch diese
hübschen Mokassins mit Bommeln!»

«Jedem, wie er's verdient ...»

«Mokassins mit Bommeln hat nun wirklich *keiner* verdient. Und die Sabelli?»

«Die kam im Pelzmantel.»

«Ist doch okay, in der Ausstellung sind ja auch nur tote
Tiere.»

«Hallo, wir sind hier im *Süden*, verstehst du? Südlich der
Alpen ist *Frühling*, nächstes Wochenende fahre ich nach Procida!»

«Ist ja gut. Und die Fabiana, die Schreckschraube, was hat die an?»

«Kann ich gerade nicht sehen.»

«Hast du schon grauen Star?»

«Das hier ist ein Candle-Light-Dinner, es ist stockdunkel.»

«Gibt's denn im *Regno* noch keinen Strom?»

«Dass die Donati keine Ahnung hat, ist ja okay, schließlich arbeitet sie in der Pressestelle einer Kunstgalerie, aber dass du als praktizierender Arzt genauso hilflos bist, finde ich schon etwas erschreckend», sagte Marina zu Biagio. Dann trug sie die Teller in die Küche, damit Luisa das Sushi zubereiten konnte.

«Am besten, wir vergessen ganz schnell, dass unsere Ehemänner Ärzte sind. Fürsten sind sie, Halbgötter, völlig unfähig, einem Patienten zu helfen.»

«Als wir geheiratet haben, hat Biagio zu mir gesagt: ‹Ich heile keine Krankheiten, ich heile Menschen.›»

«Und jetzt heilen sie nicht mal mehr Krankheiten, sondern sind nur noch auf irgendwelchen Kongressen.»

«Hör mal, ist dir an Agnese irgendetwas aufgefallen?»

«Weil sie einen zusätzlichen Stuhl wollte?»

«Die macht noch ganz andere Sachen. Wenn es regnet, teilt sie mit jemandem den Schirm und wird klatschnass ... Ständig scheint jemand bei ihr zu sein.»

«Die hat's gut.»

«Der erste Comic, an den ich mich erinnere, hieß *Barnaby*. Mein Vater hatte mir das Heftchen aus Amerika mitgebracht. Kennst du das, wenn du einen Comic schon so oft gelesen hast, dass dein Kopf alles auswendig runterrattern kann?»

«Mh.»

«Jedenfalls war da dieser Junge, und der hatte einen imaginären Freund, einen ‹Wächter des Schicksals›, mit rosa Flügeln, den alle Kinder sehen konnten, nur seine Eltern nicht, und die machten sich große Sorgen ... So was könnte es bei Agnese auch sein.»

«Hast du den Comic noch? Gib ihn ihr doch mal.»

«Der war auf Englisch.»

«Dann liest du ihn ihr eben vor.»

«Weißt du was?» Marina blieb mit den vollen Tellern in der Hand im Flur stehen: «Eigentlich macht sich Biagio überhaupt keine Sorgen um Agnese, er hat nur Angst, es könnte irgendwann peinlich werden.»

Luisa verzog ihr Gesicht, sie schien nicht sehr überzeugt von dem eben Gehörten und versuchte während des Abendessens Agnese abzulenken, indem sie ihr das Essen mit Stäbchen beibrachte. Erst als das Mädchen auf dem Sofa eingeschlafen war, setzten sie ihre Unterhaltung fort.

«Also wenn Agnese mit *Daniele* spricht, weiß sie sehr wohl, dass er nicht existiert.»

«Ich denke, einerseits weiß sie es, andererseits will sie ihn vor unseren Blicken schützen. Denn er würde ja verschwinden, wenn wir ihn sehen könnten.»

«Jedenfalls sind Mädchen für so was viel empfänglicher.»

«Für einen imaginären Freund?»

«Na eben dieses ... Sich-Sachen-Vorstellen, Rollenspiele-Ausdenken, Freunde. Ist ja auch viel einfacher als eine reale Beziehung. Da muss man nicht ständig irgendwelche Spiele erklären, man hat immer recht und ist nie enttäuscht.»

«Wenn sie auf eine Beziehung wartet, von der sie nicht

enttäuscht ist, kann sie lange warten», sagte Marina und ging Kaffee kochen.

press@castello.it
bist du im büro?
Ernesto

marina@lagalleria.it
ja, lass uns reden.

press@castello.it
später. christian steht keine 5 meter neben mir. ich wollte ein bisschen über ihn ablästern.
E.

marina@lagalleria.it
ist das der, der auch bei minus 15 grad in seinen *all star* herumläuft? na dann läster mal über christian, umso besser, wenn er keine 5 meter neben dir steht! was machst du am WE?

press@castello.it
fußball schauen mit christian
E.

marina@lagalleria.it
das ganze WE?

press castello.it
sonst ist es kein richtiges wochenende
E.

marina@lagalleria.it
wie findet liliana das?

pressgcastello.it
liliana ist beim kickboxen für fortgeschrittene.
ich ruf dich kurz an, gibst du mir deine durchwahl?
E.

«Hallo?»

«Hallo.»

«Heute Morgen wollte ein Praktikant von Liliana mein Fahrrad klauen.»

«Denkst du, das geht auf ihre Kappe?»

«Er meinte: ‹Es lag auf dem Boden, da wollt ich's eben wieder aufstellen› – so was Dämliches habe ich noch nie gehört.»

«Das glaub ich nicht, ein Praktikant, der dein Rad klauen soll, um dir eins auszuwischen ... was soll das denn!»

«Na ja, jedenfalls war heute sein letzter Tag.»

«Was machst du denn mit einem Fahrrad?»

«Alles. Ich mache alles mit dem Rad.»

«Wie? Ich meine, du bist ja auch nicht mehr der Jüngste! Außerdem liegt doch noch Schnee.»

«Hör mal, Kleine, vielleicht weißt du es nur nicht mehr, aber für mein Alter habe ich einen ganz um-wer-fen-den Körper. Deshalb geht Liliana ja auch zum Kickboxen, damit sie mithalten kann.»

«Ich glaube eher, sie macht das, um zu überleben. Ist dir eigentlich klar, dass die Arme dich ständig ertragen muss, und zwar nicht nur zu Hause, sondern auch noch bei der Arbeit?»

«Nächsten Dienstag sieht sie sich die Ausstellung an, da kannst du sie ja fragen.»

«Und du?»

«Mal schaun.»

«Nach Feierabend fahre ich gleich nach Procida.»

«Zu Freunden?»

«Ich fahr mit Biagio, wir nehmen die letzte Fähre, Agnese ist bei ihren Großeltern.»

Dann verabschiedete er sich schnell, wie so oft kurz vor dem Wochenende, als würde es sich dabei um höchst privates Territorium handeln, das man zu diesem Zeitpunkt nicht betreten durfte, während es unter der Woche durchaus möglich war, sich dort zu begegnen.

«Jedenfalls hat es dieses Jahr nur einmal geschneit.»

Marina legte auf, und als sie die Tür des Büros hinter sich zuzog, war ihr, als würde sie einen Vorhang zuziehen und jene Bühne verlassen, die ihr gemeinsames Territorium war, als würde sie darauf warten, dass jetzt das wahre Leben beginnt, auf einen Schlag, sonntagnachmittags.

Und ihre Ehe war voller Sonntagnachmittage! Ein einziges Besteckabtrocknen, Besteck-in-die-Schublade-Räumen, Im-Kinderzimmer-mit-den-Neffen-Spielen, Sich-möglichst-bequem-aufs-Sofa-Lümmeln ... Wie die letzten zwanzig Seiten eines Romans, die sie sich extra für den richtigen Moment aufgehoben hatte, für später, wenn es ruhiger war. Momente, in denen sie feststellen musste, dass ihre Eltern langsam alt wurden, weil sie nach dem Essen fragten, ob sie sich ein bisschen hinlegen dürften. Oder als Biagio die Kinder in verschiedene Mannschaften einteilte, um das Unkraut aus den Töpfen zu reißen, und sich das Licht vorsichtig auf die Seiten ihres Buches legte, ganz gemächlich wie eine Katze im Winter, und dann den Worten bis zur letzten Zeile, bis an jenen Punkt folgte, an dem sie dann ihre Augen schloss und einschlief, ohne Schuldgefühle, denn sonst hielt sie die sich drehende Welt ja immer fest, mit geöffneten Augen, aber sonntagnachmittags, da durfte sie sie schließen, denn sie wusste, dass die Welt auch ohne sie klarkommen würde, dass die Espressomaschine auf dem Herd noch bis halb sechs warten würde und Biagio sie noch immer schlafend von der Terrasse hereintragen und dabei den Kindern sagen würde, sie sollten ruhig sein.

Die letzte Fähre nach Procida kam von Pozzuoli. Am zweiten Tag beobachtete Biagio, dessen Schultern fürchterlich brannten, wie sie im Hafen einfuhr, knallgelb, wie ein norwegisches Postschiff aus den Fjorden. Marina war ebenfalls losgezogen, weil ihr Handy kein Netz hatte und sie Oma und Opa anrufen wollte. Wie sie so bergauf gefahren war, Richtung Gefängnis, hatte sie sich gedacht, eigentlich fand sie den Strand gar nicht so schön, viel besser gefielen ihr die Feigenkakteen, die zwischen dem Tuffstein des Felsens von Terra Murata rausspitzten, oder die alten Frauen auf dem Weg zur Vorabendmesse – und die Fahrräder. Sie hatte sich eins ausgeliehen, mit dem war sie dann zurückgefahren, hatte vor dem Balkon angehalten und wie verrückt geklingelt.

Da hatte Biagio die Magisterarbeit eines Studenten, die er bis Montag lesen musste, beiseitegelegt und sie angesehen, von weit weg, vom anderen Ende des Zimmers aus und noch viel weiter, von sechs Jahren Ehe aus hatte er sie angesehen – und sie nicht gefunden.

«Das ist ja ganz was Neues, mit dem Rad!»

«In der Stadt geht das ja auch schlecht. Steht mir gut, findest du nicht?»

«Und wie! Woher hast du das?»

«Vom Fahrradverleih. Zehn Euro am Tag.»

«Ziehst du dich jetzt um, wir wollten doch Essen gehen.»

«Ja, gleich.»

«Und dann nimmst du mich auf der Lenkstange mit.»

Sie hatten viel guten Wein getrunken. Der griechische war so schön kühl, während sie selbst noch glühten, und die Katzen bettelten um die Sardellenschwänze, und die Kinder rannten den Katzenschwänzen hinterher, immer im Kreis um ihr Fahrrad, und da stand Marina auf und ging zur Toilette, schloss die Tür hinter sich ab und trat zum Spiegel.

Sie berührte ihr Gesicht, da erkannte sie sich wieder.

Sie betrachtete ihre Augen und wollte gar nicht mehr raus. Alles in diesem kleinen Hafenstädtchen, alles, was draußen auf sie wartete, die gekachelten Gewölbe in den Wohnungen, die die Fischer aus dem Tuff geschlagen hatten, Biagio, der den Katzen Fischgräten hinwarf und dabei den Kellner anlächelte, das Meer, das überall war und bis an ihr Haus reichte, das Haus, das irgendwo an der Küste lag und schlief, Agnese, die schon seit zwei Stunden mit ihrer Oma im selben Bett schlief, und dann wieder die Haut, die unter den Trägern ihres Kleides brannte, und die Sommersprossen, die mit den ersten Sonnenstrahlen explodierten – all das bedeutete ihr längst nicht so viel wie dieses Fahrrad, das in Turin die normalste Sache der Welt war, in ihrem Leben aber keineswegs. Auf einen Schlag wurde ihr das klar. Als sie beim Fahrradverleih war, hätte sie gar nicht sagen können, woher dieser dringende Wunsch kam, aber jetzt wusste sie es. Und musste lächeln.

Vor dem Spiegel stehend, verbarg sie das Gesicht in ihren Händen, sie ließ etwas Platz zwischen den Fingern, damit sie sich noch sehen konnte, um sich nicht selbst zu verlieren, dann lächelte sie wie jemand, der endlich verstanden hatte und sich nun schämte, wie jemand, der genau das getan hatte, was er nicht hätte tun dürfen, sich aber längst wieder verziehen hatte.

«Oma hat gepetzt», sagte Agnese zu ihrem imaginären Freund.

Also hatten Oma und Mama gestritten. Marina hatte sich eingeredet, es war ein Fehler gewesen, ausgerechnet jetzt nicht bei Agnese zu sein, so konnten sich ihre Phantasien schön im ganzen Haus der Großeltern ausbreiten, ohne die schützende Barriere ihrer Umarmung. Und in der Tat hatte Oma erlaubt, dass der Tisch für vier gedeckt wurde, sie hatte Agnese erlaubt, einen Teller und ein Glas für Daniele hinzustellen. Marina versuchte es ihr zu erklären: «Der Freund muss unsichtbar bleiben, sonst wird das Kind völlig verwirrt und verliert jeglichen Bezug zur Realität … wie bei *Barnaby*, weißt du noch?»

Dann vibrierte ihr Handy dreimal. Schnell küsste sie Oma auf die Wange, nahm die Tasche mit Agneses Kram und ging zum Fahrstuhl.

delegation kommt nächste woche. mich haben sie nach basel geschickt. ich halt dich auf dem laufenden. ruf dich später an.

Und dann hatte er sie angerufen. Später. Er meinte, er werde kommen, und zwar allein, wisse nur noch nicht, wann. Er werde sich ja nie und nimmer in so einer chaotischen Stadt zurechtfinden – allein. Marina hatte dieses Wort gehört – allein –, es klang irgendwie gefährlich.

Sie spürte, dass die Gefahr langsam stieg, wie Wasser, das sich in Mauerritzen ausbreitet.

Fremdgehen war für sie nichts Neues, sie wusste, wie das ging. Es war auch gar nicht mal so schlecht gewesen, allerdings nicht so elementar wie das Dasein – sie, die perfektionistische Galeristin, musste das ja so sehen. Und weil sie völlig überzeugt davon war, dass keiner ihrer Seitensprünge Spuren in ihrem Leben hinterließe, musste sie auch nie lügen, sich verstecken oder sich verbieten, daran zu denken. Sie musste nie etwas vergessen oder in Anwesenheit anderer irgendwelche Namen verschweigen. Das, was passiert war, hatte ihr Körper in sich einschließen können. Nie war etwas nach draußen gedrungen, in ihr Zuhause, zu Biagio oder zu Agnese.

Ernesto hatte sie von den Seitensprüngen erzählt, und zwar deshalb, weil sie ein Teil ihres Lebens waren, von dem er ja nichts wissen konnte.

In ihrem ersten Sommer, als sie sich noch so viel zu sagen hatten, hatte sie immer wieder durchklingen lassen, dass ihr die Vorstellung, Agnese müsste in einen städtischen Kindergarten in Süditalien, richtig Angst machte.

«Die wär jetzt schon längst ein Drogenkurier bei der Camorra.»

«Sehr witzig.»

«Braucht sie noch Windeln?»

«Natürlich nicht, sie ist doch vier!»

«Windeln können bei Dealern aber sehr nützlich sein.»

Da hatte sie lachen müssen, er hatte sie auf andere Gedanken gebracht, denn beim Aperitif hatte sie nebenan mit ihren Kollegen über organisatorische Fragen gestritten, und so war sie zu seinem Tisch gegangen, auf derselben

Piazza, keine zwanzig Meter, aber mit den gleichen gelben Servietten und den gleichen Diskussionen, und nun spürte sie, wie seine Ironie sie vor ihrer Angst um Agnese schützte, und seine unauflösliche Zärtlichkeit, die man Ernesto gar nicht zugetraut hätte, hätte man ihn etwa eine halbe Stunde später gesehen, wie er dem Chefredakteur der einflussreichsten Monatszeitschrift knallhart ein Interview ausgeschlagen hatte.

Dadurch dass sie ihm von ihren Seitensprüngen erzählt hatte, hatte sie ihm gleichzeitig klargemacht, dass es in ihrem Leben noch andere Männer gab.

Aber gerade bei Ernesto war es ganz gut so, dass er da blieb, wo er war, in sicherer Entfernung, an seinem Schreibtisch klebend, den sie zwar noch nie gesehen hatte, sich aber sehr gut vorstellen konnte – Schreibtische hatte sie im Castello schon zur Genüge gesehen.

Sie hatte sein Bild in ihren Kopf verschoben, bis es zu einer Art fester Vorstellung geworden war, und wenn er jetzt ans Telefon ging, um ihren Anruf entgegenzunehmen, dann tat er es mit *jener* Hand, bei *jenem* Licht. Was er wirklich dachte, hätte sie allerdings nicht sagen können. Alle Rezeptoren, mit denen sie eine Affäre zwischen Kollegen voraussagen konnte, noch bevor die Protagonisten selbst es merkten, jene sensiblen Antennen, die sie, im Gegensatz zur restlichen Familie, die Scheidung ihrer Schwägerin schon Monate vorher hatte erahnen lassen und die ihr dabei halfen, Biagios Verstimmungen vorzubeugen – all diese Rezeptoren waren jetzt mit einem Mal völlig überlastet, sie waren abgetaucht und zu nichts mehr zu gebrauchen.

Eigentlich hätte sie jemand anderen fragen müssen, wie sie es mit ihren Kollegen immer tat, wenn sie sich so lange mit einer Reproduktion beschäftigt hatte, bis sie schließlich gar nicht mehr wusste, ob sie sie nun kaufen sollte oder nicht, wenn sie Hilfe brauchte, um herauszufinden, ob das, was ihr spontan gefiel, auch wirklich gefiel. Im Grunde hätte sie jetzt Folgendes tun müssen: fragen, was diese Zeichen zu bedeuten hätten, diese Anrufe, sie interpretieren lassen, und – wie bei den Wahrsagern mit dem Kaffeesatz – hoffen, dass ihre Fragen beantwortet würden.

Sie versuchte, ihn nicht mehr anzurufen. Ein paar Tage lang beantwortete sie seine SMS nur knapp, aber gerade noch so, dass er nicht mitbekam, was mit ihr los war.

Das hatte sie schon öfter gemacht, lange durchgehalten hat sie es nie.

Ein Abstinenzzyklus dauerte bei Marina nie länger als eine Woche – wie bei einer Bronchitis, wenn sie deswegen nicht rauchte, da musste sie während der richtig üblen Tage ja auch nicht ständig ans Rauchen denken und konnte sich einreden, mir geht's gut, ich fühle mich schon viel besser.

Sobald es ihr dann tatsächlich gutging und sie sich schon viel besser fühlte, gab es eigentlich keinen Grund mehr, ihn nicht anzurufen.

press@castello.it
jetzt sind sie gleich da. liliana ist auch dabei.
bist du dann auch im museum?
oder schickst du die donati, das wunderkind?
liliana macht 'ne art klassenfahrt. erst 'ne kleine

runde im museum, zwei, drei fotos mit der polaroid, dann, so um zwölf, wird jemand sagen: «lasst uns doch irgendwo eine schöne pizza essen gehn», das merkt keiner, wenn du da nicht mitgehst. ich komme nächsten mittwoch.

E.

Marina verschob die Besichtigung des Tatorts um zwei Stunden, nun würde sie also schon früher das Stadium der Verwesung der Kuhschädel begutachten können. Die Museumswärter beschwerten sich über den fürchterlichen Gestank, eine dänische Touristin war beim Anblick der Fliegenlarven sogar in Ohnmacht gefallen.

Sie verschob ihre Verabredung zum Mittagessen. Am Kino Adriano gab sie endgültig die Hoffnung auf, das Taxi könnte sich ernsthaft ein paar Meter vorwärtsbewegen, und so nahm sie die Sant'Anna dei Lombardi zu Fuß.

Es war fürchterlich heiß, die Pflastersteine auf der Piazza waren am Explodieren, die alten Leute versuchten im Schatten des einzigen Bananenbaums, der das ästhetische Massaker einer Mailänder Architektin überlebt hatte, Tresette zu spielen. Die Museumswärter warteten so sehnsüchtig auf Marina, als würden sie vor verstopften Rohren stehen und auf die Kanalreinigung warten. Sie beruhigte sie mit einer Geste, ging durch die Drehtür und betrat die Sala II, wo die Donati gerade der Museumsdelegation des Castello *das Problem* erläuterte.

Marina näherte sich der Gruppe mit einer Selbstverständlichkeit, als wäre sie die Hausherrin höchstpersönlich, lächelte – die Donati hatte sie anfangs bereits vorgestellt, das musste für alles weitere Händeschütteln reichen –, und während sie immer nur Liliana anstarrte, erklärte sie, warum der Künstler eben *nicht* wollte, dass das Blut drainiert würde.

Um zwölf meinte jemand: «Lasst uns doch irgendwo eine schöne Pizza essen gehn.»

Später brachte Marina sie zur anderen Ausstellung.

Dort stank es nicht, aber keiner der Besucher hätte sich getraut, die Stadt zu verlassen, ohne sagen zu können, ich war in beiden! So schafften sie es tatsächlich, sich auch für diese zu begeistern, obwohl Caravaggio seit 1610 nicht gerade hoch im Kurs stand.

Marina blickte in den Park. Sie hatte ganz vergessen, was es hieß, eine Frau zu hassen, sie zu fürchten.

Sie konnte sich noch gut an die ersten Eifersüchteleien in ihrer Jugend erinnern, die sich dann aber in ein weibliches Zusammengehörigkeitsgefühl verwandelt hatten – man sprach dieselbe Sprache, und dieses Gefühl, dazuzugehören, musste man nicht verleugnen oder gar fürchten, ganz im Gegenteil, es beschützte einen.

Bei den Männern war's genauso: Sie waren zu einer homogenen Masse geworden, einer unverwechselbaren Einheit mit spezifischen Eigenschaften, die auf alle gleichermaßen zutrafen.

Wenn sie sich unterhielten, dann immer nur *durch* ihre Frauen. Schwiegersöhne und Schwiegerväter, Brüder und Schwäger, Ehemänner von Freundinnen, die früher mal befreundet gewesen waren, gestalteten jetzt ihre Samstagabende und ihre Ferien *durch* die Frauen. Welches Weihnachtsgeschenk, welches Kino, welcher Wein zum Essen, alles! Sie erkannten sich in dem Verhalten wieder, in dem ihre Frauen sie wieder erkannten. Sie zogen sich gegenseitig mit den Spitznamen auf, die ihnen ihre Frauen verpasst hatten.

Und weil sie zu dem geworden waren, was sie waren, brauchte man sich auch vor den Männern nicht mehr zu fürchten.

Seit Jahren, seit vielen Jahren schon gab es kein menschliches Wesen mehr, vor dem man hätte Angst haben müssen.

Jene Angst, die sich jetzt in diesem Rock *longuette* durch den Raum bewegte, unter diesem Lippenstift lächelte, in einem leuchtenden Rot, das bei Frauen über vierzig nichts Vulgäres mehr an sich hat, sondern plötzlich für gediegenes Bildungsbürgertum steht. Eine Frau, die so ein Rot aufträgt, hat schon immer sämtliche weibliche Wesen in ihrem Umfeld zu Statistinnen degradiert. Und genau so fühlte sich Marina jetzt auch: wie das Mädchen für alles, das nie mit seinem Alter und seiner Schönheit würde spielen können.

Diese Frau, Liliana, hatte etwas, was anderen Frauen fehlte, und das vielleicht umso mehr, weil sie sich gegen Kinder entschieden hatte. Vielleicht hatte sie noch nicht mal mit dem Gedanken gespielt, welche zu kriegen, um ihre Identität nicht zu verlieren. Dass Ernesto bei ihr niemals diesen Wunsch hatte spüren können, machte sie zu etwas Besonderem, sie wurde dadurch noch stärker.

Das, wodurch sich Marina so erniedrigt fühlte, als sie so an der Glasfront saß und die Pinien draußen betrachtete, waren nicht nur Liliana an sich, hier, direkt vor ihr, vor dem Haupt der Medusa, und ihr zwölfjähriges Zusammenleben mit Ernesto, sondern jenes Universum, das sie selbst nicht sehen konnte und aus dem immer erst Tage später ein paar Nachrichten kamen.

Marina betrachtete die Pinien an der Brüstung des Belve-
dere, wie sie in die Stadt eintauchten. Sie hatte eine große
Sehnsucht nach sich selbst.

Die Gegenwart wollte und wollte einfach nicht kommen.
Es war wie die tatsächliche Berührung, die dem Nacken
noch fehlt, kurz bevor er gestreichelt wird; wie die freie Leitung, die auf den Anruf wartet, um wieder belegt zu sein;
wie der fehlende Schlaf beim Aufwachen am Morgen der
Klassenfahrt.

Als es nur noch drei Tage bis zu Ernestos Besuch waren,
hatte sich alles wieder beruhigt.

Marina fand wieder den richtigen Abstand zu den Din-
gen und bereitete sich auf ihr Treffen vor, als wäre es eine
Vernissage.

Sie reservierte einen Tisch im Restaurant, einmal fürs
Abendessen, einmal fürs Mittagessen.

Ihre Eltern reservierte sie auch, für Mittwochnachmittag,
um drei würde sie Agnese bei ihnen abliefern, samt Gepäck,
und am nächsten Tag wieder abholen. «Mama, bitte, Biagio
ist auf einem Kongress.»

«Ich dachte, ihr sprecht euch immer ab!»

Sie stellte sich die Straße vor, die sie nehmen würden, von
wo sie losfahren würden, und wann.

«Ist die Seilbahn von Montesanto schon wieder in
Betrieb?», fragte sie die Donati in einem möglichst neu-
tralen Ton.

Sie lief durch ihre Wohnung, sah sich um, dachte, irgendetwas stimmt doch nicht, stellte sich vor, es wäre eine
fremde Wohnung, um herauszufinden, was denn nicht

stimmte – das tat sie bei den perfekt vorbereiteten Ausstellungsräumen auch immer, ständig hin und her laufen, von einem Raum in den nächsten, während die Handwerker auf dem Boden saßen und der Künstler draußen eine rauchte.

Im Laden kaufte sie noch eine *Tabacco*-Seife und benutzte sie auch gleich, damit sie nicht so neu aussah, außerdem sollte Biagio, wenn er von seinem Kongress zurückkam, sich nicht wundern, wie sie nur so viel von ihrer Flüssigseife verbrauchen konnte.

Sie schob den Küchenstuhl an die Wand – der perfekte Platz für ihn, wenn sie ihm dann einen Kaffee machen würde.

In ihrer Kommode suchte sie nach dem passenden BH, den würde man nämlich unter ihrer Bluse sehen können, den dazu gehörenden Slip warf sie in die Waschmaschine, vielleicht würde er ja nie wissen, dass es ein Set war, sie dagegen wusste das sehr genau.

Obwohl erst Montag war, rief sie die Putzfrau an und ließ sie alle Böden einwachsen. Mit Agnese spielte sie ein Spiel, das es sonst nur im Winter gab: mit einem Lappen unter den Füßen über den Fußboden rutschen, als würden die Füße an den Fliesen haften.

Am Mittwochmorgen kaufte Marina rote Gerbera, weil die besser zur ockerfarbenen Tapete passten. Dann räumte sie die Wohnung ordentlich auf, schaffte aber sofort wieder Unordnung, denn diese Unordnung war eine Möglichkeit, um etwas von sich zu zeigen. Um ihm mitzuteilen, dass sie eben erst eine jazzige Version von Bach gehört, die Geranien für den Sommer gedüngt, am Abend zuvor das *Baccalà*-Rezept in dem *Carnacina & Veronelli*-Kochbuch, das nun offen auf dem Küchentisch lag, studiert und das Nachthemd im Bad, mit den Trägern am Türgriff hängend, vergessen hatte.

Dann wusch sie ihre Haare und holte Agnese vom Kindergarten ab.

«Agnese, hol deinen Rucksack, deine Mama ist da. Signora, heute hat sie's wirklich übertrieben.»

«Warum?»

«Wir stellen ihr doch immer einen Extrateller hin ...»

«Das haben ihre Großeltern ihr leider durchgehen lassen.»

«Heute wollte sie, dass man ihr den Teller auch noch füllte.»

«Das ist allerdings neu!»

«Sie hat so lange nichts gegessen, bis wir auch *Daniele* etwas schöpften. Signora, das ist absurd, verstehen Sie?»

«Natürlich, Sie haben vollkommen recht.»

«Das sah fast schon unheimlich aus, dieser volle Teller, vor dem keiner saß ... für die anderen Kinder ja auch!»

«Sie haben recht, ich muss mit ihr reden.»

«Für Sie dürfte das kein Problem sein, Ihr Mann ist doch Arzt.»

«Na ja, es ist ja keine Krankheit. Sie hat einfach eine lebhafte Phantasie.»

«Eigentlich wäre es ja gar nicht so schlimm, aber wir dürfen den Kindern eben nicht alles durchgehen lassen. Sie werden schon das Richtige tun ...»

Doch als Marina dann mit ihr zum Auto lief, eilig, und sie von der Straße weg zu sich herzog, dachte sie, das sei jetzt nicht der richtige Zeitpunkt für Diskussionen, weder mit

Agnese noch mit Biagio. Trotzdem hätte sie es ihren Eltern gegenüber kurz erwähnt, zwischen Tür und Angel, ohne dass die Kleine etwas mitbekommen hätte, wenn nicht genau in dem Moment Ernesto angerufen und sie ihn gefragt hätte:

«Wo bist du?»

«In Turin.»

«Wann geht dein Flug?»

«Ich kann nicht kommen.»

«Warum nicht? Ich meine ... entschuldige ...»

«Nein ... du hast ja recht ...»

«Geht's dir nicht gut?»

«Doch, aber sie haben mir im letzten Moment noch Paul Smith reingedrückt, keiner hat Zeit, ihn herumzufahren, und ... und seine Hemden hasse ich auch!»

«Das tut mir leid.»

«Macht nichts, es gibt ja noch andere Hemden.»

«...»

«Mir tut's auch leid. Wie wär's mit nächster Woche?»

«...»

«Hey!»

«Wie wär's, wenn du einfach gar nicht mehr anrufst?»

«Überhaupt nicht mehr?»

«Überhaupt nicht mehr.»

«Ich weiß nicht, ob ich das durchhalte.»

«Ich bin mir sicher, du schaffst das.»

Es endlich zugeben.

Es zugeben, sich gleichzeitig aber nicht gehen zu lassen, war schwer, sehr schwer. Doch in dem Moment, als sie wusste, er würde nicht kommen, dachte sie daran, wie hart sie gearbeitet hatte, um mehr Zeit für ihn zu haben; wie sie, zwei Tage bevor sowieso der Elektriker mit der neuen Lampe gekommen wäre, das herunterhängende Kabel an der Lampe abgeschnitten hatte, damit Ernesto es nicht sehen würde; wie sie die Peperonipflanze angesehen hatte, voll grüner Früchte, und sich gedacht hatte, wäre schön, wenn auch eine rote dabei wäre.

Und wie sie den Wetterbericht in der *Repubblica* gelesen hatte, wie sie in dem Bild unter *«Übermorgen»* in der Ungewissheit der grauen Wolken nach der Gewissheit schönen Wetters gesucht hatte, aber nicht, damit er dachte, bei ihr wäre immer schönes Wetter, sondern weil Marina immer, wenn das Wetter schön war, an ihn dachte.

«Mama weint», sagte Agnese zu ihrem imaginären Freund.

2.

Dreimal innerhalb von zehn Minuten hatte der Handwerker sie – und sie den Dolmetscher – gerufen. Dreimal innerhalb von zehn Minuten hatte er mit einem kleinen Pinsel drei verschiedene Weißtöne an die Wand gemalt. Marina versuchte genau hinzuschauen, um zu verstehen, was er meinte, sie neigte den Kopf mal gegen das Licht, mal zum Licht hin, aber sie konnte keinen Unterschied erkennen. Es war einfach nur weiß. Sie zeigte auf das in der Mitte, sagte auf Deutsch «Richtig» und setzte ein Lächeln auf, das vor allem den guten Willen, weniger das Ergebnis anerkennen sollte.

Das genügte dem Maler schon. Er knöpfte seinen weißen Kittel wieder zu und stieg das Gerüst hoch, um den Rest zu streichen. Marina dachte, wenn das so weitergeht, werden wir nie fertig, sie war fast am Ersticken und ging raus, um eine zu rauchen. Hätte sie sich die Zigarette drin angezündet, wäre alles explodiert, denn der Raum stank fürchterlich nach Lösungsmittel. Alle hätte sie in die Luft gejagt: sich, die Künstler und den Maler in seinem weißen Kittel – so was trugen in Neapel nicht mal Ärzte.

Sie dachte wieder an die Explosion, da ging es ihr schon besser. Sie verfolgte die einzelnen Splitter ihres Körpers, die in der Luft explodierten, mit kleinen Bewegungen des Kopfes folgte sie den Flugbahnen, die sich in perfekte Parabeln verwandelten, ihre eigenen Bruchstücke fielen auf die Bäume im Park, in den kleinen Teich, in den Hof der Backsteingebäude einer ehemaligen Brauerei. Jedes Mal, wenn ein Splitter den höchsten Punkt erreichte, hob Marina ihren Kopf, stieß den Rauch aus und sah auf die Spitze des Fernsehturms am Alexanderplatz. Das letzte Teil flog über die Mauer. Marina stellte sich vor, wie ein Hund mit verklebten Pfoten es schnappte und mitnahm, da drückte sie die Zigarette aus und ging rein, um wieder mit irgendwelchen Farbtönen und der Sprache zu kämpfen.

Sie schleppte sich ins Restaurant, in derselben Jeans, mit denselben Taschen, gefüllt mit Verpackungsmaterial aus Stroh, mit derselben mäßigen Müdigkeit. Stundenlange Konzentration, die Fähigkeit, die noch anstehenden Aktionen so lange im Kopf zu behalten, bis die gerade laufenden abgeschlossen waren – das geht ja auch nur bis zu einem gewissen Punkt. Die Müdigkeit einer Person in leitender Position schmeckte am Ende eines Arbeitstages anders, man durfte ihr nachgeben. Nicht wie bei Handwerkern, die immer möglichst schnell abhauen, ohne sich auch nur eine Minute auf eine Bierkiste zu setzen, weil der Rücken schon gar nicht mehr weiß, wie das geht.

Doch als Marina dann am Tisch saß und ihre Unruhe sich langsam verflüchtigte, wusste sie plötzlich, was nicht stimmte: Das, was sie machte, interessierte sie gar nicht mehr.

Seit Juni interessierte sie ihre Arbeit nicht mehr; Essen gehen interessierte sie nicht mehr, weil sie Ernesto nicht mehr erzählen konnte, was alles aufgetischt wurde, was der Kellner anhatte, wie der buckelige Skulpteur über seinem Teller hing wie im Speisesaal eines Pflegeheims. Marina lebte so vor sich hin, groß nachdenken durfte sie dabei nicht, ebenso wenig durfte sie in ihren Erinnerungen kramen, nichts zur Seite legen, für ein Morgen, nichts archivieren, um dann darüber zu berichten. Alles musste sich selbst genügen, wie ein See, der von einem Damm begrenzt wird, und so hatte Marina gearbeitet, um die Monate seiner Abwesenheit wegzusperren, um alles auf eine normale, kontrollierbare, klar abgegrenzte Ebene zu bringen.

Abends aß sie wenig, sie bekam Lust auf Gemüse und Olivenöl, Lust auf Kochen. Sie ging wieder zurück ins Hotel und rief Biagio an, lange redeten sie über Agnese. Dann ging sie ins Bett.

Auch diese Nacht brachte keine Erholung. Sie schlief zwar gleich ein, aber ein paar Stunden später wachte sie auf, ihre rechte Hand war eingeschlafen. Sie blieb liegen, war aber zum Lesen zu müde, im Bett sitzen wollte sie auch nicht, nicht mal das Licht knipste sie an. Sie merkte, es war höchste Zeit, ja geradezu unerlässlich, wieder nach Hause zu kommen, zu ihrer Tochter, um bei ihnen zu schlafen, bei

Biagio, der sie beruhigte: «Das ist das Karpaltunnel-Syndrom, viele Frauen haben das», sagte sie sich selbst, während sie in der Dunkelheit immer wieder die Hand öffnete und schloss, während sie sich auf die andere Seite drehte, ihre Hand massierte, um wieder etwas zu spüren.

Viele Frauen haben das – das half ihr jetzt, in diesem Hotel, allerdings auch nicht weiter. Ihre rechte Hand wurde viel zu sehr beansprucht. Aber bald würden die Vorbereitungen ja abgeschlossen sein, nur noch ein paar Tage, bis die letzten Fotos geschossen, die ersten digitalen Bilder gespeichert und an Biagio gemailt wären, bis der Botschafter eingetroffen wäre und sie das Zimmermädchen fragen würde, ob sie ihr Kleid kurz bügeln könnte.

Im Flugzeug würde sie dann, in dem Wissen, bald zu Hause zu sein, mindestens bis Malpensa durchschlafen.

Wieder nickte sie ein und träumte von dem Märchen, das sie vor ihrer Abreise Agnese noch vorgelesen hatte, als die Kleine genau gespürt hatte, dass sie sich am nächsten Tag wieder verabschieden mussten, als sie die Geschichte hören, dann ihre Hand halten wollte und Angst vor dem Einschlafen hatte, weil ihre Mama – das spürte sie – am nächsten Tag nach Berlin fliegen würde, in aller Früh, noch bevor sie aufwachte. Noch vor der heißen Milch zum Frühstück, vor der Oma, noch vor dem Kindergarten würde ihre Mama schon am Flughafen sein.

«Mama fährt morgen», hatte sie ihrem imaginären Freund erklärt. «Aber sie kommt bald wieder.»

Dann war sie endlich eingeschlafen. An jenem Abend hatte Marina Agnese eine Geschichte über einen holländischen Jungen vorgelesen, der sein Dorf unterhalb eines Staudamms rettete, indem er mit seinem kleinen Finger

85

ein Loch im Damm abgedichtet hatte. Eine sehr traurige Geschichte, die ein übertriebenes Gefühl für Heldentum forderte. Das Buch hatte Agnese von ihrer Oma geschenkt bekommen. Marina hatte sich doch sehr über dieses Märchen gewundert und ihre Mutter dafür kritisiert, es sei ja «wie aus dem vorletzten Jahrhundert», gleichzeitig hatte sie damit zum Ausdruck gebracht, dass zwischen ihnen Welten lagen, nicht nur vom Alter her, sie hatten auch eine andere Sicht der Dinge. Im Endeffekt war das Märchen aber doch noch ganz nützlich, es ließ sich wunderbar monoton vorlesen, die Sätze endeten alle gleich klingend, ziemlich unglücklich formuliert dazu, aber perfekt zum Einschlafen.

Jetzt träumte Marina davon: Sie war die Stimme, die vorlas, irgendwo, gleichzeitig war sie die Frau, die mit ihrer Hand das Loch abdeckte, ihr Dorf unterhalb des Staudamms beschützte, und sie war die Tochter, die auf ihre Rückkehr wartete. Sie stopfte dieses Loch, was sie unglaublich viel Kraft kostete, das Wasser strömte in Rinnsälen zwischen ihren Fingern hindurch, also drückte sie ihre Hand noch fester an den Damm, bis sie kein Gefühl mehr in den Fingern hatte.

«Sobald ich zurück bin, geh ich zum Röntgen», sagte sie laut vor sich hin, um richtig wach zu werden, es sollte wie ein Befehl klingen, dann stand sie auf und rieb ihr Handgelenk mit *Orudis*-Gel ein, dort, wo der Karpaltunnel auf ihren Nerv drückte, so hatte Biagio es ihr erklärt.

Dann rief er sie an. Gegen Abend.

Es war der letzte Abend, Marina konnte nur einen Schuh finden, sie hatte ihren Koffer durchwühlt, dann Biagio angerufen, ihn gebeten, nach den schwarzen Ballerinas zu sehen, sie selbst hatte nur den einen. Den anderen hatte sie zu Hause vergessen, Biagio hielt ihn in der Hand, während er sie zurückrief. Sie hatten nicht mal Zeit, darüber zu lachen, sofort sprang sie ins Taxi und ließ sich zu einem Kaufhaus fahren – das einzige in Berlin, das um 19.40 Uhr überhaupt noch offen hatte. Sie, eine Italienerin, die irgendwelche Billigschuhe aus dem Supermarkt anziehen musste, nicht mal halbe Größen hatten die hier!

Natürlich kam sie zu spät zur Vernissage, abgehetzt, aber ganz passabel gekleidet. Sie musste nur etwas mehr lächeln als sonst, sich etwas länger mit Leuten unterhalten, die sie sonst gar nicht beachtet hätte, und das alles, damit man ihr ihre Schuhe verzieh.

Sie kümmerte sich um alles, solange es eben nötig war. Es war ein gelungener Abend, durchaus, aber dahinter steckten drei Wochen harte Arbeit, gemeinsam mit den Handwerkern, das durfte man nicht vergessen! Bei den Direktoren anderer Museen gab sie sich besonders förm-lich, bei den verschiedenen Institutionen eher feierlich, mit jedem einzelnen Wort repräsentierte sie ihre Galerie, und damit immer auch sich selbst. Nie sagte sie «wir» als Hinweis auf ihre Mitarbeiter, aber jedes Mal, wenn sie «ich» sagte, war klar, dass sie damit das gesamte Team meinte, dem sie sehr dankbar war. Sie *war nicht* die Galerie, sie war einfach nur die einzige Person, die die Galerie vertreten konnte.

Nie vergaß sie, dass eine Vernissage eigentlich das Fest des Künstlers ist, er sollte im Rampenlicht stehen. Sie beob-achtete ihn von weitem, wie er mit den anderen Agenten anstieß – wie auch die Ehefrau eines schönen Mannes es erlaubt, dass andere Frauen ihn umgarnen, weil sie weiß, sie ist die einzige, mit der er sein Bett teilt.

Der Wein machte sich langsam bei allen bemerkbar, was auch hieß, dass die Stimmung nun endlich entspannter war, die Spielchen beendet, die Allianzen geschlossen, das Pflichtprogramm hatte man nun hinter sich.

Und so konnte Marina endlich loslassen – zulassen, dass man ihre Schultern und ihren Hals betrachtete, ihr den extra mitgebrachten sizilianischen Rotwein einschenkte, ein Architekt mit ihr zum Rauchen auf die Terrasse ging.

«Ich hole kurz meinen Schal.»

Wie sie dann hinaustrat, im zwölften Stock dieses Gebäudes mit dem hellerleuchteten Berlin unter sich, dachte sie, kaum zu glauben, dass erst Oktober ist.

Sie fasste sich an ihre Wangen, als wollte sie damit die Außentemperatur messen, und kalkulierte bis auf drei Stellen hinterm Komma den Prozentsatz an Kalkül, das sie da an den Tag legte – gerade richtig, um mit jemandem den schönen Ausblick, aber nicht ausreichend, um sich ein Bett zu teilen –, während sie ihn fragte: «Ist mein Gesicht sehr rot?»

Genau in dem Moment rief Ernesto an. «Hallo?»

«Stör ich?»

«Ach du bist's.»

«Enttäuscht?»

«Warum habe ich da eine 02er-Vorwahl auf dem Display?»

«Ich bin bis Montag in Mailand.»

«Wie geht es dir?»

«Na ja … du fehlst mir.»

«Gut, hab ich registriert.»

«Komm schon ... Aber ich habe einen guten Vorwand gefunden, um dich anzurufen.»

«Und der wäre?»

«Ich habe die Pressemitteilung über die Vernissage bekommen.»

«Gratuliere – und?»

«Hals- und Beinbruch.»

«Hals und Beine sind längst gebrochen, seit vier Stunden! Trotzdem danke.»

«Ich dachte, sie wäre morgen.»

«Morgen wird sie fürs *Publikum* geöffnet, mein Lieber. Wenn die Leute dann hier in der Schlange stehen, sitze ich längst halbtot im Flugzeug, und dann werde ich nonstop schlafen, bis Malpensa.»

«War es sehr anstrengend?»

«Das ist es gar nicht mal, aber ich schlafe zurzeit so schlecht, wache ständig auf, weil meine rechte Hand eingeschlafen ist.»

«Das ist bestimmt das Karpaltunnel-Syndrom, viele Frauen haben das.»

«War deine Ex-Freundin Orthopädin?»

«Viele meiner Ex-Freundinnen hatten das Karpaltunnel-Syndrom. Um wie viel Uhr bist du denn in Malpensa?»

«Keine Ahnung.»

«Ich komm zum Flughafen.»

«Quatsch, ich flieg doch gleich weiter nach Neapel.»

«Für 'ne halbe Stunde?»

«Sei nicht albern.»

«Schick mir eine SMS, sobald du weißt, wann du landest.»

«Ich werde den Transitbereich nicht verlassen.»

«Dann werde ich den Kerl am Eingang zum Transitbereich eben bestechen.»

«Morgen ist doch Sonntag, ist da kein Fußballspiel?»

«Stimmt, ich Idiot! Und Torino hat auch noch ein Heimspiel!»

Da fiel ihr ein, dass sie nichts Passendes dabei hatte. Nichts, womit sie das hätte darstellen können, was sie gerne dargestellt hätte: Eine Frau, die in eleganter, doch bequemer Kleidung im Flugzeug reist, die döst, während die Stewardessen Snacks verteilen, und die nur ausländische Zeitungen liest.

Wo war es nur, das perfekte Kleid, um ihn zu treffen, ihn für zwei Stunden wiederzusehen? Wo war der Mantel, der seine Umarmung empfangen würde? Bis zum Morgengrauen dachte Marina darüber nach, stellte sich den Lageplan von Tegel vor, versuchte sich daran zu erinnern, in welchem Terminal sie *Gucci* gesehen hatte, dann kombinierte sie sämtliche Klamotten aus ihrem Koffer miteinander, den Rock mit der Bluse, die Bluse mit der Hose. Wie als Kind, als sie der Puppe aus Pappkarton immer wieder andere Sachen anzog, zerrte sie nun aus den Tiefen ihres Schranks Klamotten hervor und probierte sie immer wieder an, die ganze Nacht, sie tat das, um sich abzulenken, um sich noch mehr zu verwirren, um nicht daran zu denken, dass sich in zehn Stunden die automatische Tür bei *Arrival* einem Sonntagnachmittag öffnen würde.

Als sie das Rollband entlangging, dachte sie, vielleicht kommt er ja gar nicht. Selbst wenn dem so wäre, würde es nichts ändern. Marina sagte sich, nichts könnte noch irgendetwas ändern, und außerdem sei die Restaurantterrasse bei den Abflügen immer noch besser als der Hotdog-Stand im Transitbereich.

Sie suchte die Normalität ihrer eigenen Aktionen in den Augen der Menschen, die sahen, wie sie an Telefonkabinen und Toiletten vorbeikam, die sahen, wie sie zum *Nothing to declare*-Ausgang ging. Den anderen fiel nichts Außergewöhnliches auf. Nur Marina kam es so vor, als würde sich die Tür nicht öffnen, sondern eher eingedrückt werden, als hätte das Wasser am Damm gesiegt und würde nun wild schäumend ins Tal rauschen.

Sie ging auf ihn zu, wie ein weißes Blatt Papier, mit demselben Gesichtsausdruck wie zu Prüfungen an der Uni, wenn sie die Aula betrat und sich immer auf das leere Blatt vor sich konzentrierte, um erst mal alles nur verschwommen zu sehen. Wie Schauspieler, wenn sie sich vorher sammeln, um die Angst nicht zu spüren.

«Ciao.»

«Ciao.»

«Hast du Hunger?»

«Eigentlich nicht, im Flugzeug haben sie uns schon vollgestopft.»

«Dann einen Kaffee?»

Und als sie am Zeitungsstand vorbeikamen, in Zeitschriften für Innenarchitektur blätterten, er ihre Nähe suchte und deshalb auf derselben Seite denselben Kachelofen wie sie ansah, da legte er seine Hand auf ihre Hüfte. Sie hielt sie mit ihrer Hand fest, genau an der Stelle, für die er sich entschieden hatte, lange, und dabei hörte sie nicht auf, den

Kachelofen anzustarren. Erst als er sie küsste, ließ sie die Zeitschrift sinken.

Sonntagnachmittags wirkte Malpensa wie ein Krankenhaus, überall in den Terminals lauerten kranke Passagiere, die endlich nach Hause wollten.

Ernesto aß einen Toast, Marina bestellte einen Kaffee, sie hatte zwar Hunger, bekam aber keinen Bissen hinunter und wollte auf keinen Fall, dass er etwas merkte. Sie schaffte es sogar, seine Hand auf dem Tisch zu drücken, war aber auch hier nicht richtig glücklich. Sie spürte ein Fieber, das Fieber waren er und seine Abwesenheit. Zwei Stunden hatten sie geschenkt bekommen, zwei gemeinsame Stunden, die sie monatelang so sehr herbeigesehnt hatte, bis sie sie schließlich gar nicht mehr wollte, und jetzt schaffte sie es nicht mal, für kurze Zeit zu vergessen, dass es nur zwei Stunden waren.

Auch die Liebe war inzwischen erwachsen geworden, jetzt, wo sie zurückgekehrt war. Sie hatte gelernt, sich wenn nötig zu beherrschen, dafür explodierte sie auch nicht, wenn sie dann wiederkam. Da war nicht mehr dieses Einschlagen wie der Blitz – jetzt hatte sie ihre Vergangenheit mit sich herumzuschleppen.

Die Angst saß in dem flachen, tiefen Himmel, an den keiner der beiden gewöhnt war, sie saß in den wenigen Autos auf dem besiegten Schachbrett des Parkplatzes. Startende und landende Flugzeuge, Windsäcke an den Masten.

Marina ließ sich am Hals küssen, fürchtend und hoffend, dass der Kuss enden würde, ließ seinen Daumen an ihrem Ausschnitt entlang bis zur Brustwarze wandern. Sie verspürte eine große Lust und hätte ihn so gerne an sich gedrückt, aber richtig glücklich war sie erst, als sie wieder in Richtung Abflugbereich ging, er sie bis zur Rolltreppe begleitete und sie wusste, er stand da und sah ihr hinterher, und weil sie sich nun sicherer fühlte, drehte sie sich nicht mehr um.

Sie schnallte sich an, noch immer dachte sie an nichts. Sie dachte nicht daran, dass sie gerade wegging, auch nicht, wohin sie ging. Sie dachte nicht an das, was sie sich gesagt, wie sie sich verabschiedet hatten, nicht daran, dass sie sich für Bologna verabredet hatten, auch nicht daran, dass sich ihr Mann jetzt, wo das Flugzeug gerade startete, auf den Weg machte, um rechtzeitig in Capodichino zu sein, um auch sicherzugehen, dass er noch auf den Ring fahren konnte, bevor alle aus dem Stadion kämen.

Dann schlief sie ein, während die Stewardessen Schokolade verteilten.

Nun fuhr sie mit Biagio auf dem Ring, erleichtert sahen sie, dass alle Autos auf die Gegenfahrbahn bogen. Weiter unten begleitete das restliche Licht die Stadt bis zum Meer. Marina legte ihre linke Hand auf den Schenkel ihres Mannes.

«Bist du müde?»

«Ich bin total am Ende. Aber es lief alles gut.»

«Bist du in Hausschuhen zur Vernissage?»

«Ich hatte noch nie so hässliche Schuhe …»

Das Schönste am Nachhausekommen war, Agnese zu umarmen; sie trug sie ins Schlafzimmer, legte sie aufs Bett, öffnete den Koffer und ließ sie zwischen Socken und Pullis ihre Geschenke suchen.

«Ich hab dir einen Comic mitgebracht, denselben hat mir Opa auch mal nach einer Reise geschenkt.»

Barnaby war für eine andere Generation Kinder gedacht, das sah man an den Farben, aber Agnese riss ihn gleich an sich, als hätte sie geahnt, dass sich darin viel mehr verbarg, als man von außen vermutet hätte. Sie lächelte.

«Morgen lese ich dir was vor.»

«Ich will aber selber lesen.»

«Er ist auf Englisch. Mama wird dir erst was vorlesen, und irgendwann kannst du ihn dann selber lesen, okay?»

Ihre Wohnung kam ihr so schön vor; obwohl sie nicht da gewesen war, sah sie sehr gepflegt aus, und als Biagio sie später, abends, aufs Sofa zog, hatte Marina viel mehr Energie als bei ihrem Abflug.

Sie spürte die Kraft, mit der ihre Schenkel seine Hüfte umschlossen, sie spürte, diesmal konnte man das Sofa durchaus wagen. In jeder anderen Liebesnacht ihrer Ehe hätten sie sonst ihre Rituale eingehalten – Bett, und die Tür auch schön schließen, und vorher noch schnell ins Bad –, aber jetzt hatte sich etwas gelöst, die Barriere zwischen ihnen war durchbrochen, Marina hatte sie durchbrochen.

Sie spürte eine geradezu teenagerhafte Erregung in sich aufsteigen, und während sie mit ihm schlief, riss sie alles, was sie umgab, mit hinein in ihre Glücksgefühle. Sie spürte ihren Mann in sich und dachte an nichts; einfach nur glücklich sein, das wollte sie, und so sollte es ewig bleiben.

Die ausgesprochenen Worte am Flughafen, das wieder ausgegrabene Verlangen – alles strömte aus den Tiefen ihres Körpers. Zwei Stunden lang, bei Malpensa, war das Leben so gewesen, wie sie es sich vorgestellt hatte, und diese Kraft, nur diese Kraft, übertrug Marina nun auf sich, auf ihre Welt, ihr Haus, auf Agnese, sogar auf Biagio.

Erst viel später, in der abschließenden Umarmung,

tauchte Ernesto wieder aus den dunstigen Tiefen jenes Glücks auf, und Marina sah ihn an, fügte seine Gesichtszüge wieder zu denen ihres Mannes zusammen – jetzt bloß nichts sagen, denn das Einzige, was sie hätte sagen können, wäre *sein* Name gewesen.

Eine Stunde später rieb Biagio ihr Handgelenk mit *Orudis*-Gel ein.

«‹… anscheinend fanden sie, ich sei es nicht wert, mit dem Namen ihrer Galerie in Verbindung gebracht zu werden …› – sagt der doch glatt, der Idiot!»

Die Donati sprach mit zitternder Stimme, als würde ihr das ernsthaft etwas ausmachen.

«Aber irgendwo hat er ja recht, eigentlich mochten wir seine Sachen noch nie.»

«Deshalb muss er das doch nicht gleich der Presse erzählen.»

«Im Endeffekt schneidet er sich damit ins eigene Fleisch, er blamiert sich doch selbst!»

«Lass mich bitte mal zu Ende lesen. Jetzt nennt er auch noch Zahlen …»

«Also wenn du mich fragst, das ist einfach das Letzte!»

«Hör mal, hier: ‹… das Schlimmste an der Abmachung war das wirtschaftliche Risiko.›»

Marina wusste, wenn man sie noch ein bisschen lästern ließ, hatte man umso früher wieder seine Ruhe, und so hörte sie zu, dachte aber gleichzeitig an Ernestos Daumen auf ihrer Brustwarze.

In diesen wenigen Sekunden, in denen er ihre Brüste gestreift hatte, hatten sie sich verändert: Sie waren jetzt voll und fest unter ihrem T-Shirt, sie wusste, sie waren schön, obwohl sie nach dem Stillen nicht die Kompressen angelegt hatte, wie ein Kollege von Biagio es ihr geraten hatte. Sie lächelte.

«Lach du ruhig, dir kann's ja egal sein, du warst in Berlin. Du hast ja keine Ahnung – die Anrufe, die ich über mich ergehen lassen musste!»

Sie überlegte kurz: Sich in Bologna beim Workshop zu treffen wäre ein guter Vorwand, um sich wiederzusehen.

Bis dahin wäre ihre Regel dann auch wieder abgeklungen: Mittwoch, spätestens Donnerstag würde sie sie kriegen, mit der üblichen morgendlichen Prozedur im Bad, und vier Tage später wären da nur noch winzigkleine rote Flecken, die man eigentlich jedem zumuten konnte, sogar beim ersten Date. Seit Agneses Geburt war ihre Monatsblutung viel regelmäßiger und schwächer, es war nicht mehr diese zerstörerische Flut, die sie für drei Tage ans Bett fesselte. Mit der Schwangerschaft hatte ihr Körper auch mit den Exzessen aufgehört.

«Wann kommst du an?»

«Am fünfzehnten morgens, glaub ich. Ich muss noch mit ein paar so ... Und du?»

«Ich fahre am neunzehnten mit dem Zug.»

«Warum denn erst so spät?»

«Weil der Workshop am zwanzigsten anfängt.»

«Aber ich komm doch auch schon am fünfzehnten.»

«Das habe ich gehört – und?»

«Du bist so schön, wenn du gereizt bist.»

«Schön würde ich das nicht nennen. Ich bin völlig verquollen, meine Augen ...»

Sie nahm ein Bad, die kalte Jahreszeit hatte begonnen, dadurch war nun einiges erlaubt: baden statt duschen, Strumpfhosen unterm Rock, Agnese zum Abendessen eine dickere Suppe vorsetzen, so aß sie wenigstens etwas Gemüse.

Sie ließ Wasser in die Wanne laufen und tauchte darin ein, blieb dort lange Zeit, die Nase knapp über dem Wasser, und aus der Ferne, aus allen Richtungen, hörte sie ihre Nachbarn, wie sie für das Abendessen den Tisch verrückten.

Dann tauchte sie wieder auf, um ihre Beine zu inspizieren; auch die Länge der Haare war perfekt für Bologna.

Noch nie hatte sie es so genossen, nach Hause zu kommen. Sie erlebte die Zeit plötzlich ganz anders. Alles, was sie machte, waren kleine Weihegaben für Ernesto.

Wenn sie die harte Salzkruste, in der sie die Dorade gebacken hatte, zerbrach, tat sie das sehr bewusst und auf eine Art, als würde er sich hinter den Wandfliesen verstecken und ihr dabei zusehen. Sie nahm das Weinglas, als hätte Ernesto ihr eingeschenkt, sie kostete den Wein, als wären es seine Lippen und seine Zunge, als würde sie ihn kosten.

An diesen ersten Schultagen blieb Marina nachmittags zu Hause, um sich mit Agneses neuesten Problemen zu beschäftigen. Das Mädchen kam völlig aufgelöst aus der Schule, vom permanenten Leistungsdruck, von ihrem Wunsch, alles richtig zu machen, von der ewigen Anspannung, der ewigen Konzentration. Sie war frustriert, weil es ihr einfach nicht gelingen wollte, das «b» mit dem «r» zu verbinden, wie es die Lehrerin an der Tafel vorgeführt hatte. Am Freitag war sie nach Hause gekommen und hatte sich im Flur auf den Boden geworfen, einfach so. Marina hatte sie also aufgehoben und ihr erklärt, es sei doch gar nicht so wichtig, die beiden Kringel zu verbinden. In ihr Heft hatte sie «du bist doch trotzdem *b rav*, ganz ganz *brav*» geschrieben und sie dann in den Arm genommen, um es ihr richtig zu beweisen, sowohl mit einem Satz als auch mit einer Geste.

Erst da hatte Agnese das Fleisch auf ihrem Teller gegessen. Bei den Hausaufgaben hatte sie dann *Daniele* alles erklärt.

Ihrem Zuhause ging es also durchaus besser, auch wenn diese neue Energie, von der es durchströmt wurde, es nahezu zerstörte – innerfamiliäre Verhältnisse hinterfragen ihre eigenen Mechanismen nicht gerade gerne, zumindest nicht, solange alles funktioniert.

Dann spürte sie es.

Sie saß im Sessel und beobachtete Agnese beim Lesen, wie sie mit ihren Lippen die Buchstaben formulierte, aber alles ohne Stimme. Marina war völlig fasziniert von diesen kleinen Bewegungen, wie der Oberkörper ihres Kindes leicht vor- und zurückschaukelte.

Genau so. Genau so musste es sein: Langsam begann sie einem Geräusch zu lauschen, das von weither kam, wie wenn sie nach Amalfi fuhren und sie noch vor der letzten Kurve das Meer spürte, ohne es zu sehen, eine nicht fassbare Vorahnung. Marina spürte ihr zweites Kind.

Sie wusste mit absoluter Sicherheit, dass dieser leichte Stich nicht die bevorstehende Monatsblutung war, und so betrachtete sie zwei Tage später, im Grunde nur, um sicherzugehen, den Teststreifen, der sich allmählich einfärbte, langsam, wie die Zigarette, die in der anderen Hand vor sich hin glimmte.

Sie stieg aus der Wanne und dachte an Biagio auf dem

Sofa, wie sich seine Gesichtszüge aufgelöst hatten und zu Ernesto geworden waren, zu dem Ernesto, der in zwei Stunden nach Bologna fahren würde, in drei Tagen würde er vor dem Hotel auf sie warten, ihr die Taxitür öffnen, sie in der Hotelhalle umarmen, ihr beim Gepäck behilflich sein, ein paar Worte mit ihr wechseln, während sie an der Rezeption eincheckte. Dann würde er sie wieder umarmen, diesmal richtig, gar nicht mehr aufhören würde er, sobald sie im Fahrstuhl wären.

Sie blieb noch eine Weile am Fenster stehen und sah auf die Stadt, in der man mittlerweile auf keiner Straße mehr spazieren gehen konnte. Rausgehen war also sinnlos, außerdem hatte es zu regnen angefangen, die Leute waren beim ersten Tropfen ganz nervös geworden, als wären sie aus Zucker, und versperrten nun die Hauseingänge. Sie beobachtete noch ein bisschen die Menschen auf der Straße, bis ihre Beine müde wurden, also setzte sie sich wieder in den Sessel.

Biagio konnte sie es nicht sagen. Sie erwartete ein völlig rechtmäßiges Kind von ihrem rechtmäßig angetrauten Ehemann, und das im perfekten Alter. Sie konnte ihm doch nicht sagen, dass sie einen anderen Mann umarmt hatte, dass dieses Kind ihn nicht als Vater anerkennen konnte, weil sie selbst Biagio nicht als seinen Vater anerkennen konnte.

Was Marina allerdings noch mehr zusetzte, war nicht so sehr, Biagio von dem völlig absurden Gedanken zu überzeugen, dass das Kind, das er gezeugt hatte, nicht sein Kind war, sondern Ernesto davon zu überzeugen, dass es seines war!

Der ganze Schmerz präsentierte sich in der Unmöglichkeit, von einem Mann ein Kind zu haben, mit dem sie noch nie im Bett gewesen war. So sehr sie auch an ihn gedacht hatte, ihm immer nah gewesen war – nie würde es sein Kind sein!

Marina wickelte sich in die Decke ein und trauerte ihrem neuen Kind nach, das bereits drei Wochen lang ihr Leben, das von Ernesto, von Biagio und Agnese in sich hatte aufnehmen müssen.

Sie weinte, wie sie manchmal wegen der Kinder weinte, die an der Ecke der Piazza Borsa bettelten oder in der U-Bahn Akkordeon spielten und an deren Körpern sich das Versagen der Gesellschaft ablesen ließ. Und sie trauerte ihrem Kind nach, weil sie es nicht schaffte, es zu hassen.

Die Welt, so sagte sie sich, war voller Frauen, die bessere oder schlechtere Gründe hatten als sie, und sie war Teil dieser Welt. Das war allerdings das Letzte, was sie sich sagte, als sie ins Flugzeug stieg, denn wenn Marina angespannt war, wollte sie abgelenkt werden, anstatt sich selbst zu zermürben. So erreichte sie Köln, als in den Läden die Lichter gerade angingen, und sie dachte sich, das war genau der richtige Zeitpunkt, um über den Weihnachtsmarkt zu bummeln. Kerzen kaufen, Holzsterne und die Zwerge, die Agnese so liebte. Genau zur richtigen Zeit im genau richtigen Land – darüber vergaß Marina völlig den eigentlichen Grund ihrer Reise. Sie rief Biagio an, auf dem Bett liegend, als würde es sich um ein Hotelbett handeln, jammerte ein bisschen, dass der Galerist erst zwei Tage später käme – fast hätte man meinen können, es wäre tatsächlich so gewesen.

Ihre Mutter rief sie ebenfalls an, Weihnachten stand vor der Tür, und sie hatten sich noch immer nicht abgesprochen, wer wen zwischen Heiligabend, dem ersten Weihnachtsfeiertag und dem Stefanstag besucht, oder wer den Einkauf des Fischs beziehungsweise des Desserts übernimmt. Abschließend meinte sie nur noch: «Mama, bitte, Agnese hat doch schon genug Barbies!»

Alles, was abgesaugt werden musste, war eine durchsichtige Kugel, so groß wie die Spitze eines Kugelschreibers.

Der Arzt legte sie auf einen Objektträger. Dann überließ er es dem Anästhesisten, Marina aus der Narkose wiederaufzuwecken, und ging in sein Arztzimmer.

Er zog seinen Kittel aus, wusch sich die Hände und setzte sich an seinen Schreibtisch. Draußen ließen die Steineichen ihre blutroten Blätter herabregnen, denn die Kälte war dieses Jahr ganz plötzlich gekommen. Der Arzt betrachtete sie ein Weilchen, dann legte er den Objektträger unters Mikroskop und presste sein rechtes Auge ans Okular. Durch die hellblau schimmernde Fruchtblase sah er die Konturen eines Kindes.

Für die erlangte Gnade

Abend

Eines Tages war dann Schluss mit dem Schmuggeln.

Von da an war es noch viel unangenehmer, zu meiner Mutter zu gehen. Als würde man die Straßen von früher entlanglaufen, die einem jetzt aber fremd vorkamen, sie boten keinen Bezugspunkt mehr, ohne die Feuer in den Tonnen, ohne die Frauen auf ihren Obstkisten, Via Dante ist finster geworden und zu Fuß wirklich heftig. Die vielen Jugendlichen in ihren Muskelshirts, die zum Dealen an der Vinella rumlungern, das ist doch nicht dasselbe, außerdem ist um diese Uhrzeit sowieso noch nichts los. Es dürfte so sieben sein, höchstens, ich steige aus dem schwarzen 111er-Bus, ein paar Junkies aus der Provinz, die wohl auf dem Nachhauseweg sind, begleiten mich ein Stück. Ich kenne diese Typen, sie sitzen immer in der letzten Reihe und kippen ein paar Fläschchen Benzo runter, um der Angst Angst zu machen, während sich der schwarze 111er mühsam durch den Stau arbeitet. Das Stück bis zur Kreuzung gehen wir gemeinsam, dann biege ich in den Corso Italia, die Typen bleiben bei ihrer Versorgungsstelle stehen. Ich laufe ein bisschen schneller, die Geschäfte sind am Schließen, es gibt also keinen Grund mehr, sich noch länger auf der Straße aufzuhalten. Bis morgen früh existiert die Straße nicht mehr.

Als ich an den überdachten Marktständen vorbeilaufe, muss ich gezwungenermaßen geradeaus schauen, und so sehe ich am anderen Ende der Straße, oben: meine Mutter. Sie wartet am Fenster, den Vorhang halb geöffnet. Die Hände auf dem Heizkörper. *Du bist spät dran, ich hab mir schon Sorgen gemacht.* Ohne sie zu grüßen, schaue ich wieder auf die Straße. Was wäre schon dabei, kurz zu ihr hochzusehen und zu winken? *Mama, ich lebe noch, du lebst auch noch, wir leben beide noch.* Aber ich kann diesen Anblick nicht mehr ertragen, ihre Silhouette im Gegenlicht. Die Silhouette sagt, ich sei spät dran, sie hätte sich schon Sorgen gemacht und davon wieder Kopfschmerzen bekommen, und die Kopfschmerzen, die würden ja mittlerweile nur nachts verschwinden, wenn sie schliefe.

Ich überquere die Straße, endlich, jetzt schützen mich die Balkone vor ihrem Blick, sie schützen mich vor den niederprasselnden Schuldgefühlen. Jedes Mal, wenn ich hierherkomme, müsste ich den Junkies aus der Provinz eigentlich ein paar Tropfen Benzo abbetteln.

Ich habe noch immer die Schlüssel, nach zehn Jahren! Trotzdem öffnet mir meine Mutter die Tür immer genau dann, wenn ich gerade den Schlüssel ins Schloss stecke.

Im Aufzug, zwischen dem dritten und dem vierten Stock, überlege ich nochmal, was ich sagen werde, wenn sie vor mir steht. Ich muss etwas sagen, irgendwas, so tun, als wäre es völlig normal, dass man sich ständig sieht. Mir wird schon was einfallen, um die peinliche Situation zu durchbrechen – peinlich deswegen, weil wir Mutter und Tochter sind, weil die eine aus der anderen herausgekommen ist und wir uns dann getrennt haben –, irgendetwas sagen, das das Unglaubliche an der Tatsache, dass wir uns noch immer treffen, ständig, zweimal die Woche, auslöscht. Nach fast vierzig Jahren ist das schon etwas seltsam, fast schüttelt es mich, als wäre ich erst jetzt geboren, als könnten wir gar nicht weiterleben, wenn wir uns nicht sehen.

Ich werde also gerade geboren, jetzt, wo mich der Fahrstuhl nach oben bringt. Sechster Stock. Ich komme. Mama öffnet die Tür und begrüßt mich.

«Hallo, *mammì*.»

«Ich hab mir schon Sorgen gemacht.»

«Hör mal, auf dem Weg hierher habe ich bei Enzos Stand die Baustelle gesehen. Ist das sein Laden?»

«Ach der, ja, den hat er gemietet, und jetzt baut er irgendwas um.»

«Als ich für Luca die CD gekauft habe, meinte er, er will vielleicht einen Laden aufmachen.»

«Puh, mein Kopf ... Als ich auf dich gewartet habe, ging's mit dem Kopfweh wieder los. Eigentlich sollte ich mich gleich wieder hinlegen.»

In der Zwischenzeit stelle ich die Tüten und meine Tasche ab, gehe ins Kinderzimmer und lege meine Jacke aufs Bett.

«Sei leise, Luca schläft.»

Ich bin leise. Wenn man ihn so schlafen sieht, könnte man meinen, er wäre ein kleiner, braver Junge.

Ich bin leise, es ist stockdunkel, aber ich kenne mich hier ja aus.

Genau in diesem Zimmer, da wo jetzt Luca schläft, kam

ich erstmals zu der Überzeugung, dass nur die Dinge existierten, die ich mit meinen eigenen Augen sehen konnte. Ich war elf und hatte eine Virushepatitis. Der Transaminasen-Wert lag bei 800. Der Hausarzt meinte, es sei besser, man würde mich ins Krankenhaus einliefern, meine Mutter meinte, er sei wohl nicht ganz richtig im Kopf und er solle sich lieber selber einliefern lassen, zu Hause sei ich bestens versorgt. Neun Tage lang lag ich im Bett, was nicht schwer war, denn ich war immer müde. Sechs-, siebenmal am Tag stand ich auf, meine Schwester Sara ging mit mir ein paar Schritte durchs Zimmer, sie begleitete mich aufs Klo. Mein Urin sah aus wie rostiges Wasser aus einem alten Spülkasten. Ich hatte damals meine Tage noch nicht, war eine so starke Färbung also nicht gewohnt und war geschockt.

Das Leben im Haus lief in gewohntem Rhythmus weiter. Ab und zu kam jemand in mein Zimmer, fragte, ob ich etwas bräuchte, oder brachte mir etwas und ging wieder. Ich hörte zwar ihre Schritte, die sich entfernten, oder ihre Stimmen, die zu mir sprachen, war aber davon überzeugt, dass sich die Menschen und Dinge außerhalb meines Blickfeldes auflösten, dass sie aufhörten zu existieren. So kam es mir wenigstens vor.

Dann wurde mein Urin wieder klar. Das Bilirubin im Blut ging zurück, ohne mein Nervensystem erkennbar geschädigt zu haben.

Was blieb, war die Überzeugung, dass die Dinge nur zeitweise existierten, und meine Müdigkeit, die blieb auch.

«Mama, weißt du noch, als ich Hepatitis hatte?»

«Das waren die Miesmuscheln in dem Restaurant beim Botanischen Garten.»

«Wie konntest du mich mit meinen elf Jahren nur Miesmuscheln essen lassen?»

«Warum, denkst du etwa, du hättest mit achtzehn keine Hepatitis bekommen?»

«Das ist doch gar nicht der Punkt!»

«Außerdem haben wir doch alle diese Veranlagung. Dein Vater ja auch ...»

«Eins steht jedenfalls fest, dein Kopfweh kommt von Luca, er ist eine Katastrophe.»

Mama ist wieder ans Fenster gegangen, wie ein Storch steht sie da, mit nur einem Pantoffel, auf einem Bein, mit dem anderen kratzt sie sich am Heizkörper. Sie wartet auf Sara. Mama wartet immer auf jemanden, der ihr Sorgen bereitet. Ich gehe zum Fenster und warte auch, Mama macht mir Platz. Wir stehen also beide da am Heizkörper, schauen ein bisschen aus dem Fenster, aus dem Haus, raus auf die Straße, auf Enzos Laden.

«Es wird ein Handyladen.»

«Was ich nicht verstehe, warum macht er keinen Plattenladen auf, wo er sich doch so gut damit auskennt?»

«Mama, *er kennt sich nicht damit aus*, er hat einfach nur gebrannte CDs verkauft.»

«Das ist immer noch besser, als zu schmuggeln, wie früher.»

«Trotzdem ist es illegal. Wenn er jetzt den Laden aufmacht, ist das die erste saubere Sache in seinem Leben.»

«Aber er stellt sich geschickt an.»

«Seine Marlboro waren das reinste Sägemehl!»

«Und da beschwerst du dich wegen der Miesmuscheln, wo du mit elf schon geraucht hast.»

«Mit sechzehn, Mama, mit sechzehn!»

Mit zwölf habe ich schon geraucht. Damals hatten sie sich die letzten freien Felder unter den Nagel gerissen, die letzten Grünflächen aufgekauft, die Zitrusplantagen geplättet, die ersten Betonklötze hingeknallt, um die «Dritte Welt» hochzuziehen. Die Peripherie erfand sich ihre eigene Peripherie, um die Infrastruktur abzubauen, die Alten zu isolieren und die Jungen zu ghettoisieren. Wir kletterten unter dem Schild mit der Aufschrift *«Wir suchen kein Personal»* über die Bauzäune und über die Grundmauern der «Dritten Welt». Jedes Mal rauchten wir eine Zigarette, jeder eine. So verbrachten wir die Nachmittage. Damals hatte heimlich rauchen noch einen persönlichen Sinn. Und einen gemeinschaftlichen, solidarischen: Wenn ein zwölfjähriges Mädchen nach Hause kam und nach Rauch stank, wartete dort ein Vater und verprügelte es. Und wenn jemand – so wie ich seit wenigen Monaten – keinen mehr hatte, wartete eben eine Mutter auf einen, die vor Entsetzen und Scham die Hände überm Kopf zusammenschlug.

«Da ist sie ja.»

Das hat Mama bei den letzten drei Mofas auch schon gesagt, aber diesmal ist sie's wirklich. Sie kommt angeschossen, als wäre sie fünfzehn und hätte nichts zu verlieren. Vor der Tiefgarage an der Piazza Quattro Palazzi bremst sie scharf. Dann steigt sie von ihrem Mofa wie eine Prinzessin aus der Kutsche auf dem Weg zum Ball. Sara muss nicht mal nach unten fahren, es reicht schon, dass sie laut zu hupen anfängt, auch nachts, was die Typen aus der

Tiefgarage ihr keineswegs übelnehmen, sie stürmen gleich hoch, lächeln verzaubert und starren sie an, wenn sie ihren Helm abnimmt, als wäre es ein Hut mit Schleier, jeder ihrer Bewegungen folgen sie, während sie sich mit der Hand durch ihr blondes Haar fährt, wie blonde Frauen das so an sich haben. Dann fangen sie den Schlüssel, den sie ihnen zuwirft, und verabschieden sich von ihr. Allerdings bringen sie das Mofa nicht gleich nach unten, denn während Sara sich längst umgedreht und bereits die Haustür erreicht hat, stehen die Typen noch immer da, ihr Kopf wiegt sich im Rhythmus ihrer Schritte; zumindest noch ein bisschen wollen sie die *Frühstück-bei-Tiffany*-Luft, die meine Schwester verströmt, atmen, bevor sie wieder Kohlenmonoxid inhalieren müssen.

Mittlerweile hat Sara nach oben geschaut, uns erblickt und wild mit den Armen fuchtelnd begrüßt. Man sieht, dass Mama nicht auf Sara gewartet hat, sondern auf diese Begrüßung. Sofort schießt sie raus in den Flur und drückt auf den Türöffner.

Ich lösche das Licht und lehne mich so weit aus dem Fenster, dass ich die ganze Straße überblicken kann: die Kneipe, den Fabrikschornstein und die Terrasse mit den sechs riesengroßen Buchstaben, die von gekreuzten Eisenrohren gehalten werden, genau wie auf den Wolkenkratzern von Manhattan: *PERONI*. Ich zünde mir eine Zigarette an und höre, wie Mama jubelnd und triumphierend mit Luca zur Tür geht und sie öffnet.

Sara kommt zu mir und begrüßt mich, sie hat den Jungen im Arm, der ihr in den Hals beißt, dann geht sie ins Kinderzimmer, um ihm etwas anderes anzuziehen. Luca ist brav und friedlich; das macht mich richtig wütend, bei mir hätte er sich aufgeführt und gewunden wie ein glitschiger Aal. Ich drücke die Zigarette aus und gehe zu meiner Mutter in die Küche. Der ganze Herd ist belagert, auf einer Flamme stehen die Nudeln mit Kichererbsen, auf einer die Koteletts und auf einer der Kaffee. Wir müssen sowieso noch auf Alfredo warten. Es ist acht Uhr abends.

«Hör mal, du könntest doch hier wohnen, während bei dir gebaut wird.»

«Mama, auch wenn bei mir gebaut wird, habe ich trotzdem eine Wohnung, und in der bleib ich auch.»

«Das ist doch wie auf dem Campingplatz! Wann ziehst du endlich zu mir?»

«Du hast doch Luca schon ständig.»

«... und er ist ganz verrückt nach dir!»

«Stimmt, und er *macht mich* noch ganz verrückt!»

Mama will mich nicht verstehen, sie hebt den Deckel der Espressomaschine und gibt etwas Zucker rein.

«Frag Sara, ob sie einen Kaffee will.»

Sara nimmt Lucas Füße und streichelt damit ihr Gesicht, sie steht mit dem Rücken zu mir.

«Willst du einen Kaffee?»

Sie schüttelt den Kopf und zeigt auf ihren Magen. Meine Schwester ist konsequent, wenn sie Probleme mit dem Magen hat, verzichtet sie auf Kaffee. Ich dagegen verzichte auf meinen Magen.

Luca ist so verrückt nach mir, dass er beim Abendessen unbedingt von mir im Arm gehalten werden möchte. Mit der rechten Hand pickt er sich die dunklen Kichererbsen heraus, weil meine Mutter mal gesagt hatte, sie bringen Glück. Deswegen darf er ruhig mit seinen Fingern in meinem Teller herumbohren, Papa, Mama und Oma sehen ihm dabei lachend zu, und ich bin dazu verdonnert, gefälligst meinen Mund zu halten.

«Heute habe ich beim Aufräumen die Ohrringe von Tante Vanda gefunden.»

Ich weiß schon, worauf sie hinauswill, in regelmäßigen Abständen tauchen diese Ohrringe immer mal wieder irgendwo auf. «Du solltest dir Löcher schießen lassen.»

«Mama, bitte! Glaubst du wirklich, ich lasse mir mit meinen achtunddreißig Jahren noch Löcher in die Ohren schießen?»

«Tante Vanda würde so gerne diese Ohrringe an dir sehen. Den Gefallen solltest du ihr schon noch tun, bevor sie stirbt.»

«Das ist doch nicht dein Ernst ... ich soll mir Löcher in die Ohren schießen lassen, damit meine Tante in Ruhe sterben kann?»

Sara säubert ihren Teller mit etwas Brot. «Mama, ich glaube, das ist jetzt nicht der richtige Moment, wo sie doch gerade so gestresst ist.»

«Warum, den Umbau macht doch nicht sie, sondern Alfredos Firma!»

Ich folge dem Gespräch – schön, wie sie in der dritten Person über mich reden.

«Es ist nicht Alfredos Firma. Er ist da nur beschäftigt. Die Firma gehört Gianni. Aber bei so was kannst du sowieso nicht mitreden, du sitzt doch seit deiner Hochzeit in dieser Wohnung und bist seitdem nicht mehr raus!»

Die beiden nehmen mich ein Stück mit – ab und zu gehen sie nämlich auch mal zu sich nach Hause. Alfredo holt schon das Auto, Sara hakt sich bei mir unter, und wir folgen ihm in einigem Abstand auf dem Bürgersteig. Die neue Generation der «Dritten Welt» sitzt auf ihren Mofas und sucht nach einem Ausweg aus der werktäglichen Einsamkeit. An einer Ecke versperrt eine Gruppe Jugendlicher den Weg, und so trennen Sara und ich uns kurz. Ich trete auf die Straße und mache einen großen Bogen um die geparkten Autos, sie läuft einfach weiter und bindet ihre Haare mit dem Haargummi zusammen, den sie am Handgelenk trägt. Die Gruppe teilt sich in der Mitte und macht ihr wortlos Platz.

Als wir den Vallone di Miano erreichen, schlägt uns der süßliche Geruch von vergärendem Hopfen entgegen.

So rochen die Klamotten meines Vaters an dem Tag, als ich ihn im Fabrikhof sah, an dem Tag, als in der Schule eine Ratte war, wir vorher nach Hause durften und Mama gesagt hatte: «Lass uns Papa abholen.» Sie war dann draußen stehen geblieben, und ich hatte mich im Zickzack zwischen den Arbeitern auf dem Weg zu ihrer Mittagspause durchgeschlängelt und dann meinen Vater gesehen: Er stand am Eingang, nahm das weiße Häubchen vom Kopf einer Frau und küsste ihr Haar.

Noch nie hatte ich gesehen, dass meine Eltern sich so geküsst hätten. Insofern war es kein Ehebruch, denn es waren nicht dieselben Berührungen bei zwei verschiedenen Frauen. Jener Vater war ein anderer Vater, ein anderer Mann, er war etwas völlig anderes. Ich drehte mich um, schaute zu meiner Mutter und war mir sicher, dass sie ihn von da hinten auch gesehen hatte. Um nicht Partei zu ergreifen, blieb ich genau in der Mitte stehen – bis schließlich mein Vater vom Tor her auf mich zulief.

An jenem Abend erzählte Carlo D'Apporto in *Canzonissima* ständig irgendwelche Witze, die ich nicht verstand.

Ich wartete auf etwas. Gleich würde etwas passieren, etwas, was den Abend und überhaupt alles verändern würde, für immer.

Aber es passierte nichts.

Mein Vater lachte, konnte mir die Witze aber nicht erklären. Als dann auch noch meine Mutter anfing zu lachen, bekam ich wirklich Angst.

Dann erschien Mina.

Rechts oben war Alberto Lupo eingeblendet, der ihr genau die richtigen Worte zuflüsterte. Sie aber hatte solche Worte schon oft gehört, kam also ganz gut ohne sie klar, *parole parole parole*. Sie kam auch ohne Grillen, den Mond oder Rosen ganz gut klar, und nur weil sie alleine ganz gut klarkam, auch ohne ihn, konnte sie schlafen und träumen.

Papa starb ein paar Jahre später. Beim Säubern eines Destillierkolbens fiel er von der Leiter. *Peroni* beobachtete eine Minute lang die Stille, dann heulte die Sirene. Am Tag seiner Beerdigung beriefen sie eine Gewerkschaftsversammlung ein, so konnten sich seine engsten Freunde kurz davonmachen und uns umarmen. Tante Vanda hatte es Sara gesagt und war fest davon überzeugt, dass sie viel zu klein wäre, um den Tod wirklich zu begreifen. Doch Sara begriff sehr wohl und fing laut an zu schreien.

Dieser Schrei war ausreichend, um seinen Körper schnell im Sarg zu verschließen, die einschläfernde Predigt des Priesters zu ertragen, dem Sarg nach Poggioreale zu folgen, den Vater dort zu bestatten, wo wir dann eisern acht Jahre später hinpilgern würden, durch den Heiligen Geist seine weißen Knochen segnen, danach nach Hause gehen und wieder anfangen würden zu leben. Schnell alles, was uns an unseren Vater erinnerte, in irgendeiner Grabnische archivieren. Dieser Schrei war ausreichend – mehr gab es nicht zu sagen. Es war der gebrochene Vertrag, das nicht eingehaltene Versprechen, das Umkehren auf halber Strecke. Ein Elternteil mit kleinen Kindern, der Vater, der sich der Leichtigkeit des Todes hingab.

«Wenn ihr mich hier rauslasst, kann ich mir noch Zigaretten am Automaten holen.»

«Okay, dann gute Nacht.»

«Gute Nacht.»

Eines Tages war dann Schluss mit dem Schmuggeln. Wer bei der Landung der Alliierten schon auf der Welt war, hatte sich längst daran gewöhnt, kannte es seit eh und je, aber dann, plötzlich, von einem Tag auf den anderen, war es damit vorbei. Ohne dabei Bettler zu hinterlassen oder Leute, die am Hungertuch nagten, oder die totalen Loser. Keine Schießereien oder plötzlich heruntergelassene Rollläden, nichts; nur eine kleine berufliche Umorientierung, äußerst erfolgreich wie in Enzos Fall. Dann waren die Zigarettenautomaten gekommen, allerdings erst später, und in der Zwischenzeit hatten wir sämtliche Bezugspunkte verloren.

Die Handwerker klingeln mich wach. Ich habe Nieren- und Nackenschmerzen. In Slip und Hemd gehe ich ins Treppenhaus, lasse den Fahrstuhl kommen und öffne seine Tür ein Stück. Im Mörteleimer wasche ich mein Gesicht, dasselbe Wasser nutze ich als Klospülung. Durch die Kloschüssel kommt der Gestank der ganzen Stadt hoch.

Dann gebe ich den Fahrstuhl wieder frei. Ich sage mir, mein Magen wird das Mittel gegen Sodbrennen nach dem Kaffee schon aushalten, was der Wodkagestank der Handwerker mir dann auch bestätigt.

Schnell rolle ich den Schlafsack zusammen, damit er nicht völlig eingestaubt wird wie eine schneebestäubte Weihnachtskrippe, und übertrage dem Vorarbeiter jegliche Verantwortung: «Ich leg den ins andere Zimmer, sagst du das bitte den Handwerkern?»

«Wir müssen hier heute sowieso die Zwischendecke einziehen», meint er.

«Nein, Gianni, wenn ihr mir das Zimmer auch noch einsaut, wo soll ich denn dann schlafen?»

«Soll ich dir ein Zelt besorgen?»

Ich lächele ihn an, aber den ganzen Weg bis zur U-Bahn schäume ich vor Wut.

«Ich habe eine Monatskarte», sage ich am Eingang.

Und dann tauche ich in die Tschaikowsky-Berieselung der *Azienda Napoletana Mobilità*. Eine Signora hat sich ins hinterste Eck geflüchtet, genau unter die Lautsprecher. Leise gehe ich die Treppe runter, um sie bei ihrem *Romeo und Julia* nicht zu stören. Am Ende des zweiten Akts fällt mir auf, dass es der einzige Ort ist, an dem man rauchen

115

kann, ohne von den Kameras gefilmt zu werden. Ohne dass eine Stimme das Adagio unterbrechen würde, um uns darauf aufmerksam zu machen, Rauchen sei hier nicht gestattet. Ich mache es mir auf der Treppe neben der Signora bequem und stecke mir auch eine Zigarette an. Nach zwanzigminütigem Aufleuchten *Pozzuoli–Solfatara* auf der Anzeigetafel kommt die Signora zu dem Schluss, dass ihre Liebe zur russischen Romantik wohl nicht ausreicht, und nimmt ein Taxi. Ich nehm's gelassen, ich habe ja Zeit, weil sie mich in aller Früh aus meiner Wohnung geekelt haben, außerdem geht's ja noch weiter, nach der U-Bahn kommt noch der Bus C-21.

Auf dem Monitor des C-21er läuft Werbung für Leute, die auf diesem Monitor ihre eigene Werbung ausstrahlen wollen, und das Tageshoroskop. Meins ist echt beschissen. Als ich aussteige, ist gerade Stier dran. Stier ist gar nicht mal so schlecht. Ich beschließe, mein Sternzeichen ist jetzt Stier, und gehe ins Geschäft.

Morgens, bevor wir öffnen, stürmen wir nicht gleich aufeinander zu und fangen an zu quatschen, es läuft eher so ab: Während die anderen Läden auch noch zu sind und die Bankangestellten ihren Kaffee in Plastikbechern mit der Alufolie drauf tragen, sind wir erst mal mit unseren Handys und Rauchen beschäftigt. Jeder hängt seinen eigenen Gedanken nach, denen, die wir vorläufig in unsere Schränke sperren, zwischen Armbanduhr und Namensschildchen, und erst nach Feierabend wieder herauslassen.

Wir wissen genau, auf uns wartet ein Job, der es uns sicher nicht ermöglicht, auch nur einen sinnvollen Gedanken zu produzieren. Deshalb genießen wir lieber noch ein bisschen die Ruhe, bevor wir öffnen. Wie eine Frau, die ihr

Leben mit einem Mann verbringt, den sie nicht liebt, und die, falls sie noch eine Minute Zeit hat, diese am liebsten an der Türschwelle ihres Liebhabers genießt, schließlich würde sie ihn eine ganze Weile nicht mehr sehen.

Danach warten wir, dass der Tag möglichst schnell vorbeigeht. Wir stehen im Geschäft, zu tun gibt es eigentlich nichts, und sind absolut nicht in der Lage, irgendetwas zu geben, außer unserer Zeit. Ständig – wie bei einem permanenten Hintergrundgeräusch – müssen wir feststellen, dass wir uns nur selbst betrügen.

Wir rauchen auf dem Klo, Maria und ich. Wir teilen uns eine Zigarette, ich auf dem Klodeckel sitzend, sie gegen die Tür gelehnt, wie in der Schule. Dann waschen wir uns die Hände und putzen die Zähne.

Mit nahender Mittagspause wird die Müdigkeit zur Euphorie. Sie schleicht sich unauffällig in die einzelnen Abteilungen und nimmt schnell die Treppe nach unten. Im Personalraum verwandelt sie sich in roten Lippenstift, offenes Haar, erdbeerfarbene Tangas aus dem Schlussverkauf, Yoga-Atemübungen, gedünstetes Gemüse aus dem Schnellkochtopf für Rosarias Diät, Fotos der Kinder bei Oma und Opa an den Schranktüren, Deos gegen Achselschweiß, prämenstruelle Tränen.

Wie ich gerade am Büro vorbeilaufe, meint der Buchhalter zu Sergio, er hätte bei einem Namensschildchen etwas falsch gemacht. Ich höre, wie Sergio antwortet: «Okay, dann kündigt mir doch, ich selber trau's mich nicht.»

Der Buchhalter lacht, aber ich weiß, dass es kein Witz war, und frage Sergio, ob wir zusammen Mittag machen.

«Aber nur, wenn wir uns ein paar Sandwiches holen und uns eine halbe Stunde in die Sonne knallen.»

Ich tue ihm den Gefallen; allzu viele halbe Stunden Sonne wird es dieses Jahr nicht mehr geben, der September überrollt uns regelrecht, ohne dass es davor Monate gegeben hätte, denen man nachtrauern müsste.

Wir sitzen also alle auf den Felsen, wir Verkäuferinnen, die Versicherungsvertreter mit gelockerter Krawatte, sie ziehen Schuhe und Socken aus, die Rechtsreferendare mit ihren *Ray-Ban*-Sonnenbrillen und den *Palms* der neuesten Generation. Unten, am Strand, sind die Sonnenschirme schon zugeklappt, aber ein paar junge Mädchen, die wie Sumo-Ringer aussehen, singen hartnäckig neapolitanische Sommerhits, als wäre noch immer Juli, als wäre Mina an einem Strand der Versilia. «Wenn ich im August keinen Urlaub hab, kommt mir der September immer ganz normal vor.»

«September ist nie normal!»

«Warum, was ist denn am September so besonders?»

«Im September würde ich gerne in Paris leben.»

«Wann warst du denn im September in Paris?»

«Noch nie.»

«Und wann warst du in Paris?»

«Noch nie.»

«Kannst du überhaupt Französisch?»

«Nö.»

«Und?»

«Nichts und. Ich will da einfach mal hin.»

Nichts und ... Wenn ich im September in Paris wäre, würde ich jedenfalls nicht schwitzen. Ich würde durch die graue

118

Luft laufen, schnell, mit einem kurzen Mantel aus Kammgarn, nicht mal das gelbe Laub der Linden, durch das ich stapfen würde, fiele mir auf, es wäre ja am nächsten Tag auch noch da.

Ich gebe dem Asiaten ein Zeichen, ich will nämlich ein Tattoo, für drei Euro. Sergio und ich blättern einen Katalog mit allen möglichen Motiven durch: *Tribals*, Raubkatzen in unterschiedlichsten Variationen und Rosen in allen Größen.

«Ich kann auch einen Namen draufschreiben.»

«Auch einen ganzen Satz?»

«*Ich liebe dich*› – so was in der Art?»

«So was wie ‹*Die werden's nie schaffen, die Tataren*›.»

«Das ist zu lang.»

«Stimmt. Aber ‹*verdammte Scheiße*› will ich da auch nicht stehen haben.» Ich strecke ihm fünf Euro entgegen.

Sergio streicht das Papier, in dem sein Sandwich eingewickelt war, glatt und malt es ihm auf; der Asiate kopiert es mit einem Hennastift.

Während er auf meine Schulter malt, jammere ich Sergio die Ohren voll, über die Baustelle bei mir zu Hause, die blöden Handwerker und den lustigen Vorarbeiter. «Ich hätte auf keinen Fall ausziehen dürfen, auch wenn mit Lucio längst Schluss war.»

«Das war doch gar nicht der Grund ...»

«Weißt du eigentlich, dass ich seit Ewigkeiten keinen vernünftigen Typ mehr hatte!»

«Dann streng dich eben an und krall dir 'nen Vernünftigen.»

«Nur Schrott, echt! Mann, ich habe keine Lust mehr, und

alt bin ich auch, Sergiù, ich will nicht mehr, mein Traum wäre eine arrangierte Ehe.»

«Das sagst du doch nur, weil du jetzt noch die Wahl hast.»

«Nein wirklich, mein Traum wäre eine arrangierte Ehe in einer Gesellschaft mit lauter arrangierten Ehen, dann müsste ich mir wenigstens keinen Kopf machen, ob es richtig oder falsch ist.»

«Ich finde das gar nicht witzig, ist dir eigentlich klar, wie viele Frauen sich damit ihr Leben zerstört haben?»

«Ich weiß, aber sie wissen wenigstens, dass es nicht ihre Schuld war.»

«Na ja ... Jedenfalls würde dir deine Mutter sicher gerne einen Ehemann besorgen, wenn du sie fragen würdest.»

Nein. Damit wäre mir längst nicht geholfen. Jungfrau müsste man wieder sein, das wär's! Nie hätte ich sehen wollen, wie er in unserem gemeinsamen Bett schlief, ohne zu wissen, warum er da eigentlich lag; nie akzeptieren wollen, dass die Tage verstrichen und man einfach keine Lust hatte, miteinander zu schlafen; nie hätte ich feststellen wollen, dass unsere Liebe zu dieser Art leichtem Kneifen geworden war, das ein bisschen zieht, aber nicht wehtut, das einen alle nötigen Bewegungen ausführen lässt, nur eben etwas langsamer und schwerfälliger.

Nie hätte ich so was erleben wollen. Ich will dramatische, wüste Szenen und zugeknallte Türen. Eine Flucht ohne Wiederkehr. Flammende Schlussakte, ins Gesicht gebrüllte Wahrheiten. Ein letztes Mal Sex, um sich nochmal so richtig wehzutun. Ich will die totale Verzweiflung, weil da eben doch noch Liebe ist, weil es da doch noch etwas auszugraben gibt in aller Tiefe. Ich will verlassen werden, tausendmal, weggeworfen, sitzengelassen, wegen einer anderen!

Stattdessen habe ich ihn eines Morgens angesehen, wie er in unserem Bett lag und schlief, und wusste, ich liebte ihn nicht mehr. Ich konnte es gar nicht fassen, denn diese Liebe war seit Jahren meine Form zu leben, meine bewusste Entscheidung, nur sie gab mir das Gefühl anzukommen, abends, wenn ich nach Hause kam.

Wenn man begreift, dass eine Liebe zu Ende ist, weil sie sich selbst aufgezehrt hat, gibt man gleichzeitig zu, dass man sich selbst verändert hat. Man ist verängstigt wie ein Kind, das von seinen Eltern verlassen wird, man möchte nur noch schlafen, fühlt sich wie im Waisenhaus. Es ist der Beweis einer Existenz, aus der viele verschiedene Lebensformen hervorgehen können. Es sind die gepackten Koffer, um nie wiederzukommen, das bewusste Versinken in der Langeweile, es sind die Geliebten, Freundschaften, in die mit viel Energie wieder neu investiert wird, es sind die neuen Jobs, das Erklimmen der Karriereleiter oder noch mehr Kinder. Aber keiner, der das Ende einer Liebe wirklich begriffen hat, wird je vergessen können, dass das Leben ihn gezeichnet hat, und das auf eine nicht gerade schöne Art. Diese Zeichnungen sind nun auf der Stirn eingeprägt, oft runzelt sie sich, in Momenten der Sehnsucht, wenn man junge Liebespärchen dabei beobachtet, wie sie sich im Park küssen, während man selbst den eigenen Kindern die Liebe verweigert.

«Fängt langsam an zu jucken.»

«Was?»

«Das Tattoo.»

«Dann kratz dich doch. Trinken wir noch schnell einen Kaffee?»

«Nein, lass uns lieber reingehen, damit wir später noch einen Lichtblick haben.»

Aber kurz vor fünf betritt meine Professorin, die meine Magisterarbeit betreut hat, den Laden – endlich kann ich's ihr sagen. Ich beobachte sie, wie sie zwischen den Regalen herumläuft, sich die Verkaufstheken anschaut, hinter einer Säule verschwindet, wiederauftaucht und dann direkt auf mich zugeht. Endlich kann ich ihr sagen, dass ich es weiß! Dass ich, gerade mal ein Jahr nach meinem Abschluss, in der Univerwaltung ein Buch mit einer interessanten Fußnote in der Hand hatte. Diese Fußnote verwies wiederum auf einen anderen Text, und dieser Text war von ihr, von Marta Vassalli, von der Frau, bei der ich meine Arbeit geschrieben hatte. Dank einer Expressbestellung war der Text schon nach zwei Tagen da, und so war ich in den Genuss gekommen, den ganzen zweiten Teil meiner Magisterarbeit zu lesen, den über das Experiment und die Schlussfolgerungen, dem ich meine Eins plus zu verdanken habe, den ich nachts in die Tasten meiner *Lettera 22* gehauen hatte, der am nächsten Tag zusammengeknüllt neben den Kippen auf dem Fußboden lag und den meine Mutter weggekehrt hatte, genau den! Meine Abschlussarbeit. Endlich als richtiges Buch, mit einem Anhang, Schriftgröße zwölf, Fadenheftung, und das alles für 28 Euro, von Marta Vassalli.

Jetzt steht sie also vor mir, endlich kann ich's ihr sagen, ist doch ganz einfach: *Du bist ein Dieb* – tu ich aber nicht, vielmehr setze ich ein Full-time-Lächeln auf und warte, bis sie etwas sagt.

«Ciaaaao, ach duuuu bist's!»

«Irgendwie schon, ja ...»

«Dann arbeitest du jetzt also hiiiier?»

Ich lächele noch mehr, mit allen Muskeln des Groß-handels, strecke ihr das Halsband entgegen, das mit dem Namensschildchen, aber nur mit dem Vornamen, der Nach-name ist lediglich angedeutet, er beschränkt sich auf den Anfangsbuchstaben gefolgt von einem Punkt; Nachnamen sind was für Bücher, bei Verkäuferinnen haben sie nichts zu suchen. Ich lächele und zerquetsche fast das Namensschild-chen – sollte ich mich hier im Laden mal verlaufen, wüsste ich wenigstens, wie ich heiße.

«Das ist ja unglaublich schön hier, wo du arbeitest.»

«Na ja, ist vielleicht etwas übertrieben.»

«Glaub mir, nicht alle mit einem Hochschulabschluss können als Assistent oder Dozent arbeiten und lehren.»

Stimmt – nicht alle mit einem Hochschulabschluss können lehren. Und viele, die lehren, sollten das besser gar nicht tun. Ich hätte gerne an der Mittelschule unter-richtet, mehr wollte ich ja gar nicht, weil zwölf Jahre, das ist wirklich furchtbar, das kann man alleine nicht durch-stehen. Mit einem Körper, der sich verändert, der Pubertäts-schweiß, da muss es doch jemanden geben, der einem sagt, dass man mit dem Rauchen erst gar nicht anfangen soll, dass dein Vater nicht gestorben ist, weil er in eine andere Frau verliebt war, dass deine Mutter nicht froh über seinen Tod ist, dass es nicht ihr Schweigen war, damals, das ihn umgebracht hat.

«Ja, stimmt, Hauptsache man hat überhaupt einen Job ... Suchen Sie was Bestimmtes?»

Und während ich ihr was Bestimmtes raussuche, weil sie es allein nicht findet, fällt mir ein: Das, was sie eben gesagt hat, habe ich schon so oft gehört, dass ich fast schon selber daran glaube.

So was in der Art musste meine Mutter auch gedacht haben, damals, als sie mich eingestellt hatten und ich nach Hause kam und mich aufs Bett warf. Ganz aufgeregt rief meine Mutter Tante Vanda an; obwohl ich meinen Kopf im Kissen vergraben hatte, konnte ich ihre Erleichterung heraushören: «Unbefristet ... *sozialversichert*!» Nachmittags ging sie dann raus, es regnete, ihre Schuhe waren noch immer klitschnass vom Einkauf vorher, sie ging zum Juwelier und kaufte ein Votivbild. Ich wusste nicht, dass meine Mutter so etwas gekauft und eine Fürbitte für mich gesprochen hatte – von den vielen, die sie hätte sprechen können, aber doch nicht ausgerechnet *die*! Ich wusste nicht, in welcher Kirche sie es angebracht hatte oder wofür es gedacht war. Ich habe sie nie danach gefragt, weil ich sauer war.

Aber noch immer gehe ich oft auf dem Nachhauseweg in eine Kirche, sehe mir die Kapelle an, lasse meinen Blick über die Reliquienschreine und die Heiligenfiguren schweifen. Bunt angemalte Heilige aus Holz strecken mir ihre vollbehängten Arme entgegen, alle Hoffnungen und Gebete, die sie entgegennehmen konnten, und ich frage mich, wo das Votivbild von meiner Mutter, das für mich bestimmt war, wohl ist, wie es wohl aussieht.

Ein Stift, eine Hand, ein Kopf, ein Buch mit den drei in das Silber eingravierten Buchstaben, *p.G.R., per Grazia Ricevuta* – meine Verdammnis und meine Resignation, *für die erlangte Gnade.*

Ich zünde eine Kerze für mich an und werfe einen Euro in die Opferbüchse.

Eine halbe Stunde vor Feierabend ruft Gianni, der Vorarbeiter, an, er fasst sich kurz: «Die Decke im Bad ist runtergekracht.»

«Du meinst wohl, ihr habt sie runterkrachen lassen, nicht, sie ist runtergekracht.»

«Jedenfalls ist jetzt ein Loch im Boden, da könnten wir doch auch gleich das Abflussrohr verlegen, was meinst du?»

«Was soll der Scheiß? Woher soll ich das denn wissen, verdammte Scheiße. Ist es schlimm?»

«Was?»

«Das Bad ... ist es schlimm, dass alles runtergekracht ist? Und wer kommt für den Schaden auf? Wartet, ich nehm ein Taxi und komm.»

Abend

Im Taxi schicke ich Sara 'ne SMS und berichte, ich frage sie, ob sie nicht Alfredo vorbeischicken könnte. Alfredo sei schon da, schreibt sie, dann merkt sie wohl, dass ich sie brauche, und meint, sie sei auch gleich da.

«So schlimm ist es nicht.»

«Und wenn jemand runtergefallen wäre?»

«Ist aber keiner runtergefallen.»

«Trotzdem ... Hast du die Handwerker überhaupt angemeldet, oder arbeiten die schwarz? Und wenn jemand runtergefallen wäre? Und wenn unten jemand gestanden hätte?»

125

«Alfredo arbeitet nicht schwarz.»

«Warum beantwortest du nur die Hälfte meiner Fragen?»

«Weil du zu viel auf einmal fragst.»

«Verdammt! Alfredo, sprich du mit ihm!»

Sara ist jetzt da und beruhigt mich, sie küsst ihren Mann, sieht durch das Loch im Boden, direkt auf die Wanne von der einen Stock tiefer, und pfeift anerkennend.

«Habt ihr schon gesehen? Die hat so 'ne Wanne mit Whirlpool.»

«Und ich hab noch nicht mal 'ne Kloschüssel.»

«Die können sie dir aber gleich heute nochmal einbauen. Bequatsch das doch kurz mit Gianni, wo er schon mal da ist, dann wissen wir gleich, wo was hinkommen soll.»

«Ich würde alles auf den Fußboden bauen, was meinst du ...»

«Sehr witzig! Sie haben gesagt, sie werden nicht gehen, bevor sie hier nicht fertig sind.»

Ich bahne mir einen Weg zwischen den Terpentin- und Wodkaflaschen. Ein Handwerker winkt, er will eine Zigarette, ich gebe ihm die ganze Schachtel und frage dann, ob ich auch eine haben kann.

Während ich von hier oben die lavendelblauen Morgenmäntel von der einen Stock tiefer anschaue, entscheiden wir, wo das Klo hinkommen soll, wo das Bidet und wo das Waschbecken. Gianni misst mit dem Zollstock die Entfernung von meinem Finger bis zur Ecke: «Wenn du das Waschbecken hier haben willst, passt über den Spiegel aber keine Lampe mehr.»

«Umso besser, dann hab ich morgens nicht mehr so viel Angst vor dem Spiegel.»

«Wegen der Falten?»

«Ich hab keine Falten ... ich doch nicht! Hab ich etwa Falten?»

«Nein, hast du nicht. Außerdem ist es sehr schön, dich morgens anzuschauen.»

«... Wo ist eigentlich Alfredo hin? Alfredoo? Hör mal, wer kommt denn jetzt für den Schaden auf?»

Alfredo kriegt den Auftrag, die Signora mit der Whirlpool-Wanne wiederzubeleben, wenn sie nach Hause kommt, Sara und ich hauen ab.

Wir fahren auf den Mittleren Ring, um im Supermarkt Mamas Wocheneinkauf zu erledigen.

«Gianni steht auf dich, er mag deine Haare.»

«Was versteht der schon von Haaren?»

«Er mag Locken.»

«Ich mag aber glatte Haare!»

«Als Mina noch Locken trug, mochtest du deine Haare aber.»

«Als Mina Locken trug, *war ich* Mina, meine Haare waren ihre Haare.»

Ich drehe mich weg und schaue raus, sehe die Hallen der Konservenfabriken, die Nordafrikanerinnen an ihren Tonnen mit den Feuern, die immer noch unfertige Hochstraße, die Wohnblocks schauen auf die Autobahn, wir schauen auf die Wohnblocks, ich sehe die kleinen Haltebuchten mit den hintereinander geparkten Autos und den beschlagenen Fenstern, obwohl erst September ist, ich könnte nicht mal sagen, wann ich das letzte Mal eigentlich mit jemandem geschlafen habe. «Wenn ich mit jemand geschlafen habe, sind manchmal so Bilder an mir vorbeigezogen, alle möglichen, wie im Auto, wenn man aus dem Fenster schaut.»

«Ah, siehst du, er gefällt dir also auch!»

«Wer?»

«Gianni.»

«Lass das.»

«Mir geht's übrigens genauso.»

«Was?»

«Na, diese Flashs, diese Sofortbilder, ich sehe Szenen vor mir.»

«Du bist doch seit zehn Jahren verheiratet.»

«Und seit zwanzig Jahren sehe ich das Meer ...»

Als Sara vierzehn war, kam sie über Weihnachten aus dem Internat nach Hause, Tante Vanda und ich holten sie vom Bahnhof ab. Tante Vanda parkte in der dritten Reihe, blieb im Auto sitzen und schickte mich, um meiner Schwester beim Koffertragen zu helfen. Als ich am Bahnsteig war, sah ich, wie Sara Alfredo küsste. Der mit seinem Pickelgesicht, der hat so viele Pickel, dass man seine normale Gesichtsfarbe gar nicht erkennen kann, dachte ich mir und fragte mich, ob sie das nicht eklig fände, ihn zu küssen. Aber sie fand es nicht eklig. Sie wollte ihn. Nur ihn. Stundenlang sperrte sie mich in unser Zimmer, und dann musste ich mir ihre Gefühlsduseleien anhören. Meine Mutter hatte ein paar Signale entschlüsseln können und fing an, Fragen zu stellen. Aber auch wir hatten ihre Signale entschlüsselt und gaben automatisch Antworten, die sie auf eine falsche Fährte locken sollten.

Sara platzte fast, sie hielt diese Heimlichtuerei nicht mehr aus, vor unserem Zimmer stand Mama, was nicht gerade angenehm war – noch nie hatte sich bei uns im Haus jemand so verkrochen –, und in unserem Zimmer war Alfredo, überall, er wuchs, wurde allgegenwärtig, mit jeder Minute, die sie sich nicht sahen, bekam er mehr Raum, die Heimlichtue- rei wurde unerträglich, bis Sara schließlich explodierte und alles erzählte. So erfuhr Mama, dass Alfredo erst sechzehn war, aber schon seit vier Jahren arbeitete. Er war Maurer.

Im Kurzverfahren beschlossen Mama und Tante Vanda, dass Sara die restlichen Tage ihrer Ferien nicht mehr aus dem Haus durfte, dass sie, also Mama und Tante Vanda, sie im Zug begleiten und die verlorene Seele ins Internat brin- gen würden – Stazione Termini, Taxi, Via Nomentana, am sechsten Januar um achtzehn Uhr.

Sara meinte nur: «Ich will ihn, und ich werde ihn mir schnappen», und während sie das sagte, zeigte sie mit der rechten Hand ihre Krallen und flog mit ihrem Opfer davon, hoch in die Lüfte.

Sara hörte mit dem Lernen auf, dann hörte sie mit dem Essen auf, aber sie starb nicht. Zwei Jahre später fuhr Alfredo mit seinem ersten eigenen Wagen die zweihundertvierzehn Kilometer auf der Autobahn Neapel–Rom und holte sie ab, um Liebe zu machen.

Während sie umarmt auf dem zurückgeklappten Sitz lagen, sah Sara das Meer.

Sie sah das Meer bei Gaeta, wie im Zug, wenn er einen nach dem Tunnel wieder ausspuckt, man aus dem Fenster schaut und weiß, man fährt nach Hause.

So ist Luca entstanden, und jetzt schreitet er mit einer Selbstsicherheit durchs Leben und schwebt oben auf dem Wasser, wie nur die es können, die früh schwimmen gelernt haben, von klein auf, noch bevor die Angst eine Chance hatte. Die, die sich stundenlang weit draußen vom Wasser schaukeln lassen, einfach nur daliegen und nichts tun, sich

höchstens mal drehen oder ihre Zehen anschauen; und
während du völlig außer Atem angeschwommen kommst,
stellst du fest, die sind ja kein bisschen müde, im Gegenteil, an denen kannst du dich sogar festhalten, um etwas
auszuruhen, bevor's wieder zurückgeht, und zwar auf dem
kürzesten Weg, schnurstracks zum Strand.

«Ich sehe immer Städte. Einzelne Bilder von Städten, in
denen ich mal war, im Ausland oder so.»

«Gar nicht mal so übel.»

«Nein, übel ist das nicht, aber ich versteh den Zusammen-
hang nicht so recht.»

«Nein, ich meinte Gianni, er ist gar nicht mal so übel.»

«Ich weiß nicht, ob er übel ist oder nicht, jedenfalls hat er
meine Wohnung zerstört.»

«Die ist doch sowieso schon völlig fertig.»

«Ich weiß ... Ich hätte auf keinen Fall ausziehen dürfen,
auch wenn mit Lucio längst Schluss war.»

«Das war doch gar nicht der Grund ...»

Stimmt, ich war nicht ausgezogen. Man hatte mich rausge-
worfen.

Um zehn nach zwölf war ich aus der U-Bahn ausgestiegen,
hatte mein Handy wieder eingeschaltet, zwischen einem
Smart und einem *Fiat Punto* die Straße überquert und war
bei einem Baugerüst in die Via Pignasecca gebogen.

«Hallo?»

Ich wusste, es war Lucio, kurz bevor ich ranging, hatte
ich seine Nummer auf dem Display gesehen, kurz danach
hatte eine Hand von oben versucht, mir das Handy zu ent-
reißen, sie wollte, dass ich losließ, und dann abhauen.

Aber ich ließ nicht los, meine Hand war stark und an harte Arbeit in den Lagerhallen und zwölf Stunden Inventur gewöhnt, immer am siebten Januar, jedes Jahr. Ich hatte es festgekrallt, meinen Arm samt Handy nach unten gerissen, auch mit meiner anderen Hand gezerrt – doch damit nicht genug, denn mit ungeheurer Kraft hatte ich nach hinten ausgeholt und ihm meinen Ellbogen direkt ins Brustbein gerammt, genau dahin, wo die Rippen aufhören, die empfindlichen Organe zu schützen. Der Junge war wie ein gefaltetes Tischtuch in sich zusammengeklappt und zu Boden gesunken.

Dann hatte ich es getan: Ich hatte ihm ins Gesicht geschlagen, auf den Kopf, ich hatte gebrüllt: «MIT MIR NICHT, HÖRST DU!», wie eine Verrückte hatte ich gebrüllt. Aber es war kein normales Brüllen, eher so ein Röcheln, ich kenne das bei mir, dieses zittrige Atmen, wenn ich heule, wenn ich weiß, Reden hat überhaupt keinen Sinn mehr, die Worte müssten sich eigentlich zersetzen, um weiterzuexistieren.

Sie hatten uns vom Bürgersteig hochgehoben, mich, völlig entkräftet, ihn, blutüberströmt, er war ohnmächtig geworden. Er war vierzehn.

Unter Schock stehend, war ich in ein anderes Krankenhaus gebracht worden. Als ich aus dem Krankenhaus entlassen wurde – mit einer Anklage wegen unangemessener Gegenwehr, Lucio als meinem Anwalt und zehn Augenzeugen, die allesamt beteuerten, ich hätte richtig gehandelt –, besuchte ich den Jungen auf der Station.

Gleich am Eingang stand sein Vater, nur mit Mühe konnte er sich zusammenreißen. Neapel war bereits zu einer Stadt geworden, in der eine Frau zwar einen kleinen Jungen halbtot prügeln darf, aber es war noch immer eine Stadt, in der ein Mann keine Frau schlägt.

Seine Frau spuckte mir vor die Füße.

«Hau ab, los, geh schon.»

Ich bin gegangen. Man hat mich freigesprochen, weil ich nicht vorbestraft war, eine feste Arbeit hatte, ein laufendes Konto bei der Bank, ein in Plexiglas eingerahmtes Diplom bei meiner Mutter. Außerdem sprachen die Zeitungen seit Monaten von einem *harten Durchgreifen*, die Regierung hatte sogar Militär auffahren lassen, um in Forcella und den Quartieri Spagnoli für mehr Sicherheit zu sorgen, damit die ganzen Amis, die von der Costa Crociere kamen, unbesorgt shoppen konnten.

Aber das Viertel spürte die Wahrheit sehr wohl. Es wusste, das hatte schon seinen Grund, dass ich die «Dritte Welt» hinter mir gelassen hatte und meine einzige Droge nur noch Tabak war, während es bei dem Jungen ein ständiges Rein in die Erziehungsanstalt, Raus aus der Erziehungsanstalt war; dass er mit seinen vierzehn Jahren, um zwölf Uhr zehn, eben nicht im Klassenzimmer saß und ungeduldig auf den Gong wartete, sondern vielmehr darauf, dass ich Lucios Geschenk losließ; dass ich es im Endeffekt irgendwie geschafft hatte, dreißig, sogar über dreißig, zu werden, er dagegen auf dem Bürgersteig lag und nicht wusste, ob er überhaupt jemals so alt werden würde.

Was genau dieser Grund war, hätte niemand sagen können, doch er brachte mich in die stärkere Position, gleichzeitig aber ließ er mich schuldig werden, weil ich das schamlos für mich ausgenutzt hatte.

Das Viertel dachte das, was auch ich dachte. Und ganz langsam drängte es mich in eine Leere des Schweigens und der unausgesprochenen Dinge. Die Leute vergaßen, mich einzuladen, ich war nicht mehr dabei, sie grüßten nicht zurück, bis sie mich ganz abschoben, wie Hunde es tun, wenn sie bis zur Selbstamputation in ihr verletztes Bein beißen, weil sie es nicht wiedererkennen.

Ich war ausgezogen und hatte Lucio die Gerichtskosten bezahlt, weil ich wusste, wir würden uns nicht mehr sehen.

Den Hopfen kann man nur im Sommer bis zu unserem Balkon riechen, oder an Abenden wie diesem. Früher, wenn es tagsüber zu heiß zum Lernen war, sagte mir dieser Geruch immer, dass zwischen mir und diesen Fabrikarbeitern, die irgendwelche Ventile öffneten und wieder schlossen, ganze Welten lagen. Heute weiß ich, wir haben uns längst aufeinander zubewegt.

«Luca!», rufe ich durch die Glasscheibe, «Luca», er weiß genau, was jetzt kommt, dass ich ihn darauf hinweisen werde, dass meine Tasche keineswegs eine Wendetasche ist, und ich es nicht besonders lustig finde, sie umgestülpt wie einen Kopfkissenbezug vorzufinden.

Ich klopfe an die Balkontür und rufe nochmal.

«Ich hatte Regbi.»

«Rugby?»

Er hat mich ausgetrickst. Eigentlich hätte ich ihm ja eine Standpauke halten sollen, von wegen Finger weg von fremden Sachen, aber er weiß schon, wie er's machen muss, und gibt eine detaillierte Beschreibung der Techniken, verwechselt Rugby mit Baseball und meine Tasche mit seinem Baseballhandschuh – sind schließlich beide aus gutem Leder. Dann wechselt er das Thema und verzieht sich; wieder mal kommt er ungestraft davon.

«Der Knirps ist ein echter Siegertyp», sage ich zu Mama.

«Lass ihn doch», meint sie. «Er ist ein braver Junge.»

Im Moment ist er ganz besonders brav, er sitzt da, führt Selbstgespräche, ist völlig vertieft in ein Spiel, das nur er versteht. Wie ich, wenn ich hier oder in der anderen Wohnung alleine bin, im Fahrstuhl, im Bad; wenn mich keiner hören kann, fang ich an zu reden, über Dinge, die nur ich verstehe. Ich werde zu der, die die besseren Antworten parat hat, die die richtigen Fragen stellt, die stirbt und damit bei jemandem einen tiefen Schmerz hinterlässt, einem Jemand, der ohne um Erlaubnis zu fragen einfach gegangen ist und jetzt nochmal von vorn anfängt. Ich bin Mina, die mit ihrem Blick dem Handkuss Alberto Lupos folgt. Die, die den Applaus am Ende einer Vorlesung verabscheut, die ständig im Bad hin und her läuft, hin und her, immer über dieselben Fliesen, um eine bessere Stelle für das Betreten der Bühne zu finden, ein besseres Lächeln, einen sinnlicheren Blick.

Ich tue das, um alles wiedergutzumachen.

Alfredo kommt, direkt aus meiner Wohnung. Er ist müde, sein T-Shirt ist voller Mörtel. Er stürzt ins Bad zum Duschen, vorher wischt er mir noch eine Falte von der Stirn, es soll heißen, mach dir keine Sorgen. Sara muss ihn nicht mal anschauen, um ihm zu danken oder ihm mitzuteilen, wie stolz sie auf ihn ist.

«Du hast da was auf deiner Schulter stehen ...»

«Das ist eine Tätowierung.»

«Um Gottes willen, sie hat sich tätowieren lassen!»

«Mama, die ist nicht echt, in zwei Wochen ist sie wieder weg.»

«Ich versteh nicht recht … eine Tätowierung ja, aber Tante Vandas Ohrringe nein?»

«Mamaaa, die ist nicht echt! Nach ein paarmal waschen ist sie wieder weg!»

«Du tust gerade so, als müsstest du die Ohrringe ständig tragen. Wenn sie dir nicht gefallen, nimmst du sie einfach raus, dann schließt sich das Loch wieder von selbst.»

«Lass sie doch, die hat ganz andere Löcher, die ihr zuwachsen werden …»

«Madonna, Alfredo, du bist echt eine Katastrophe!»

«Von wegen! Dank mir hast du morgen eine perfekte Wohnung. Sollen wir dich nach Hause fahren?»

«Nicht nötig, ich nehm den Bus.»

«Ich versteh das nicht, warum geht sie denn jetzt?»

«Weißt du, Mama, ich habe morgen einen Neun-Stunden-Tag vor mir …»

«Dann schlaf doch hier – du hast ja nicht mal ein Klo in deiner Wohnung.»

«Mama, ich weiß, dass ich kein Klo habe. Trotzdem werde ich jetzt gehen. Und zwar sofort.»

«Iss doch wenigstens noch was.»

«Hab keinen Hunger.»

Mit dem dringenden Bedürfnis, möglichst schnell aus diesem Viertel rauszukommen, durchquere ich die «Dritte Welt». Außenbezirke sind so angelegt, dass sie Menschen in ihre Wohnungen sperren, aber was ich jetzt brauche, ist Leben, das Zentrum, ich brauche Menschen, denen zu Hause die Decke auf den Kopf fällt und die deshalb rausgehen.

Wie ich so im R-5er-Bus stehe und mich am Griff festhalte, wird mir klar: Ich werde nie so sein wie Mina in *Parole*

Parole Parole. Vielleicht werde ich mal Mina mit Kindern sein, Mina, die dick geworden ist, Mina, die Chinesisch lernt, um den Text eines Liedes richtig auszusprechen. Aber nie werde ich Mina sein, die Alberto Lupos Schmeicheleien ausweicht, die ihn drei Oktaven höher übertönt, wo aber schließlich doch die Leidenschaft siegt.

Nie werde ich diese Sicherheit in Schwarz-Weiß haben, wie bei Sendeschluss am Ende eines langen Tages, nie werde ich die Bühne verlassen, um den Abend mit einem Besuch im Restaurant abzuschließen. Ich werde immer das kleine Mädchen bleiben, das in einem langen Kleid und mit toupierten Haaren ins Bett ging, das sich das Gesicht nicht waschen wollte, wegen der Wimpern, die ihr die Kosmeti-kerin so sorgfältig getuscht hatte, jene Kosmetikerin, die sogar mit Stöckelschuhen einschlief. Noch ein letztes Bild, bevor sie einnickte: ein Strauß roter Rosen von Alberto in die schönste Garderobe des Teatro Dieci.

«Willst du dich setzen?»

Gott, bin ich alt geworden! Ich bin Mina, die alt gewor-den ist, kaum mehr wiederzuerkennen, müde steht sie im Bus, auf dem Corso Garibaldi, umgeben von zehn Junkies.

«Danke.»

Ich schaue runter – und sehe Gianni.

«Hast du schon gegessen?»

«Nein.»

«Eine Pizza?»

Ich halte die fettige Pizza so fest, dass mir das Öl an den Hän-den herunterläuft. Gianni wischt mein rechtes Handgelenk ab, bevor der Öltropfen meinen Jackenärmel erreicht.

«Die muss sowieso in die Wäsche.»

Dann entsorge ich den lästigen Gedanken, zusammen mit der Pizza schlucke ich die Distanz zwischen uns hinunter, ich drehe mich zu ihm und sehe ihn an. Halte die Hand fest, die mich abgewischt hat, mehr geht nicht, aber diese Hand hat mein Zuhause gebaut, ich kenne sie. Ich führe sie zu meinen Lippen, küsse sie leicht, ein Kuss, der mich tröstet, mir aber nichts bedeutet, keine versteckte Botschaft, kein Zuzwinkern, keine Spielchen, kein Ficken. Ich küsse sie leicht, doch es bedeutet nur Danke – oder Hilfe, denn das war für mich immer schon ein und dasselbe Wort. Ansehen kann ich ihn jetzt nicht mehr, aber da ist diese Hand auf meinem Mund, ich führe sie zur rechten Wange, die Hand ist dick und rau. Die erste zärtliche Berührung, an die ich mich erinnere, die Schläfe, die Stirn. Nur über seinen Handrücken spüre ich mein Gesicht. Ich führe sie an meine Augen, und damit ist alles gesagt: die versteckte Botschaft, Zuzwinkern, Spielchen, Ficken, aber auch Danke und Hilfe. Wieder küsse ich sie, dann lasse ich sie los. Er sieht mich an. Sagt nichts, tut nichts. Er sieht mich an.

In meiner Wohnung ist es eiskalt. Noch feuchter als draußen. Ich würde mir gerne eine Zigarette anzünden, kann aber kein Feuerzeug finden, weil meine Hosentaschen mit lauter Zeug vollgestopft sind, meinem Namensschildchen, der 10er-Karte fürs Cineforum, einem Rabattgutschein auf Haarefärben. Im Dunkeln schließt Gianni das Kabel an die Leitung an, mit der wir Strom von der Straßenlaterne abzapfen. Ich stolpere über die Werkzeuge im Flur, über den Stapel Kisten mit Klamotten, über die Markenfliesen

von Tante Vanda, und so muss ich mich gezwungerma-
ßen schon wieder an der Hand dieses Mannes festhalten. Er
hält mich ganz fest um die Taille, küsst mich, drängt mich
dabei nach hinten, ich muss überhaupt nichts tun, er allein
bestimmt das Baryzentrum dieser Umarmung. Er weiß, wie
uneben der Fußboden ist, wie stark die Zimmerdecke nach-
gibt, wie rostig die Fensterrahmen sind. Ich sage nichts, ich
zittere.

Später kommen dann die Sofortbilder wieder.

Das Erste, was ich sehe, ist eine Kuppel. Zuerst denke ich,
es ist Lissabon, dann rede ich mir ein, es ist Santa Egiziaca
in Pizzofalcone.

Die Kreuzung an der Via Case Puntellate, kurz nach dem
Erdbeben.

Die Post hinter dem Mercatino di Antignano.

Mergellina, ein Abend in den feuchten Tiefen eines Segel-
boots, ich im langen Rock.

Ponti Rossi, von Miano herkommend.

Piazza Borsa, als der Brunnen noch stand.

Die Nutten im Carbonara-Viertel.

Ein Tor, von oben, vielleicht in Stella, vom Corso Amedeo
aus. Varco Pisacane, auf der Höhe der Tramhaltestelle.

Der Eingang des Restaurants Trianon, vom Balkon der
gegenüberliegenden Pizzeria aus.

Auf der obersten Stufe der Posta Centrale, wenn die Kinder sich in die Obstkisten setzen und runtersausen und ich
mir denke, da muss man ganz schön mutig sein, vor allem
darf man nicht groß nachdenken, um da so runterzurau-
schen, dann schließe ich immer die Augen und sage zu mir
selbst: «Nein.»

«Ja ... Warum denn *nein*? Ja!» Gianni flüstert leise in mein

Ohr, ganz fest drückt er mein Handgelenk und saust mit mir bergab.

Gleich danach decken wir uns mit dem Schlafsack zu und schlafen ein – wir haben nicht mal ein Klo.

Dank

Die erste Seite dieses Buches ist gleich nach einem Telefongespräch mit Matteo Codignola entstanden. Es lief ungefähr so ab:

Matteo: «Was treibst du so?»

Valeria: «Ich schreibe gerade eine Erzählung für so 'ne Zeitschrift.»

Matteo: «Hast du nichts Besseres zu tun, als Erzählungen für irgendwelche Magazine zu schreiben?»

Auch jetzt, wo ich das gerade schreibe, weiß ich noch immer nicht, ob ich ihm dafür danken soll.

Aber ich danke zweifelsohne:

Sandra Infante, weil sie mir immer ihre Augen zum Lesen leiht.

Nicola Lagioia, weil er die Flöhe entfernt, ohne mich die Flöhe spüren zu lassen.

Und: Francesco Russo, Francesco, Francesco, Francesco – für alles, was uns angeht.

Massimiliano Palmese
Der Schatten einer Liebe

Jedes Jahr treibt es Carlo und Paola nach Griechenland. Doch dieses Mal ist alles anders. Auf der Überfahrt von Brindisi begegnen sie der schönen Geliebten von Carlos Vater. Sie lädt das Paar in ihre Heimat Serifos ein. Auf der geheimnisumwobenen Insel überschlagen sich die Ereignisse ...
rororo 24548

Liebe unter fremden Himmeln

Thomas Rosenboom
Tango

Han Bijman hat in seinem Leben noch nicht viel Glück und noch nie Sex gehabt. Eines Tages nimmt ihn seine Nachbarin zu einem Tangokurs mit. Als Han sich bei einem der folgenden Tanzabende unsterblich blamiert, fordert ihn im Augenblick allergrößter Schande eine Fremde zum Tanzen auf ...
rororo 24192

Steinunn Sigurdardóttir
Die Liebe der Fische

Samanta, vernunftbegabt und kontrolliert, ist überzeugter Single. Doch dann begegnet ihr die wirkliche Liebe in Gestalt des jungen Managers Hans Örlyggson. Erst spät, zu spät vielleicht, lernt Samanta den Zauber dieser Liebe schätzen. rororo 23494

BW 86-2

Weitere Informationen in der Rowohlt Revue *oder unter* www.rororo.de